近现代域外游记丛编

日本看中国

云南四川踏查记

[日]米内山庸夫 著
郭举昆 译

生活·讀書·新知 三联书店

Simplified Chinese Copyright © 2025 by SDX Joint Publishing Company.
All Rights Reserved.
本作品简体中文版权由生活·读书·新知三联书店所有。
未经许可，不得翻印。

图书在版编目（CIP）数据

云南四川踏查记 /（日）米内山庸夫著；郭举昆译. 北京：生活·读书·新知三联书店，2025. 4. --（近现代域外游记丛编）. -- ISBN 978-7-108-07997-8

Ⅰ. I313.65

中国国家版本馆 CIP 数据核字第 2025S5Q061 号

责任编辑　叶　彤
装帧设计　薛　宇
责任校对　陈　格
责任印制　李思佳
出版发行　生活·讀書·新知三联书店
　　　　　（北京市东城区美术馆东街 22 号 100010）
网　　址　www.sdxjpc.com
经　　销　新华书店
印　　刷　北京隆昌伟业印刷有限公司
版　　次　2025 年 4 月北京第 1 版
　　　　　2025 年 4 月北京第 1 次印刷
开　　本　880 毫米 × 1092 毫米　1/32　印张 10.5
字　　数　206 千字　图 101 幅
印　　数　0,001－4,000 册
定　　价　48.00 元

（印装查询：01064002715；邮购查询：01084010542）

近现代域外游记丛编·日本看中国
丛书总序

学界通常把 1853 年佩里"黑船来航"视为日本开国之始。以此为开端,日本不仅结束了长达两个多世纪的锁国状态,而且开始了所谓"明治维新",并逐渐步入现代化、扩张化国家之列。

开国、维新,给固守一隅的岛国国民带来了亲眼看世界的机会。因此,日本幕末明治,即大体相当于中国晚清时期,就曾出现众多海外航渡者,而且还留下了大量见闻资料,如所谓"洋行日记""使西日记"等,多是出使或考察欧美国家的使节、游历者所录下的见闻。

实际上,此时期涉及中国的见闻资料尤多,若单就国别而言,数量最多的恐非中国莫属,目前所知,大大小小不下百种。小岛晋治主编的《幕末明治中国见闻录集成》多达二十卷,虽收录 44 种,但也只能说是其中的精选部分,尚有许多未收录进去。

这些见闻记录形式多样,称呼不一,如日记、旅行记、游记、纪游、纪行、见闻录、考察记、报告书、复命书、游草、杂记等等,为称呼方便起见,这里通称之为游记。

进入大正、昭和初期，随着日本对外扩张步伐加快，加之海陆交通发展、贸易扩大等因素，不计其数的日本人或公派或自费，先后赴华游历，其中不少人或组织也都留下了见闻记录。东洋文库是收藏这类见闻资料较多的藏书机构，其下属近代中国研究委员会曾编纂《明治以降日本人的中国旅行记（解题）》（1980年刊印），收录截至1979年的近现代中国游记（单行本）逾400种，其中多半为1950年代以后的游记。可以说，到目前为止，这部解题书仍是我们了解和把握日本人所著中国游记的主要量化文献。不过，从数量上来讲，该书收录的游记与实际情况还有较大差距，譬如，明治时代至"二战"结束，即大体相当于晚清民国时期，该书收录的中国游记计169种，而笔者实际掌握或翻阅过的此时期游记则多达500种以上，也就是说，至少还有三分之二以上该书没有收录。即便如此，我们也能从一个侧面窥知这类游记文献数量之大。另外，以上涉及的中国游记仅仅是单行本，如果加上散见于各种报纸、杂志等刊物上的零散资料，以及尚未出版的手稿等，近现代日本人留下的中国游记文献至少数以千计。

除极少数来自某些组织或机构编撰之外，这些游记大多出自个人之手。其作者身份多种多样，上至一国之首的内阁总理大臣（如本系列中《漫游见闻录》作者黑田清隆），下至普通民众，其中既有官僚或政治家、军人以及大陆浪人，又有作家、艺术家、学者及编辑、记者，还有实业家、商人以及教习、留学生或民间人士等。其游华目的也不尽相同，有的是来工作、学习或观光，有的是来调查侦探、收集情报，还有的是出于其他目的。值得强调的是，鉴于当时这段不同寻常的中日关系，来华日本人即便名为游历，但实际上多以了解中国国情、探知各方面实况为目的。因此，这类游记明显不同于传统的山水游记，多为出于一定目的的"行役记"或考察记，且不同程度地带有中日关系所赋予的时代特色。所记内容也是包罗万象，从传统游记常见的山川景物、史地沿革、名胜古迹、风土人情，到军事海防、经济贸易、宗教民俗、科技文化、国民素质以及个人观感等，几乎无所不涉。从性质和类别来讲，作为近代"域外游记"的一部分，这些游记早已超出文学范畴，而是涉及地理、历史、政治、军事、社会、经济、民族、宗教、文化以及对外关系等领域、学科的综合门类。从研究角度而言，其史料价值、学术意义等均不容忽视。

晚清以来，郭嵩焘、曾纪泽、黄遵宪、王韬等士人撰写了众多域外游记，为我们提供了"睁眼看世界"的珍贵素材；同时，来华的日本及欧美国家人士也留下了大量有关中国的域外游记，同样也给我们提供了"世界看中国"的贵重材料。如何广泛利用这些域外游记，拓展并深化相关领域的研究，仍是摆在我们面前的一大课题。就近代日本人的中国游记而言，虽然多年来已经以成套或单行本形式出版了一些，但无论是数量还是质量方面，都还远远不够，很多有价值的重要文本也都没有译介过来，这对学界来说不无遗憾。

有鉴于此，本丛书旨在从近代（1867—1945）日本人留下的中国游记中，尽可能选取各领域较有影响且不易入手的文本，加以翻译，以呈现给读者。先期计划推出的游记主要有：日本第二任首相（内阁总理大臣）黑田清隆著《漫游见闻录》（1888）、驻华领事馆领事米内山庸夫著《云南四川踏查记》（1940）、政治家冈田忠彦著《南中国一瞥》（1916）、作家兼美术评论家木下杢太郎著《中国南北记》（1926）、游记作家迟塚丽水著《新入蜀记》（1926）和《山东巡礼》（1915）、地理学家藤田元春著《从西湖到包头》（1926）、宗教家来马琢道著《苏浙见学录》（1913）、著名宗教学家释宗演著《燕山楚水：楞伽道人手记》（1918）、《大汉和辞典》编纂者诸桥辙次著《游华杂笔》（1938）、实业家服部源次郎著《一商人的中国之旅》（1925）等。

需要说明的是，由于时代以及作者个人等因素，书中不免出现不切实际的文字记述，有的甚至带有明显的歧视或侮辱性质，为真实再现这段历史，还原当时日本人的对华认识，原则上不做删节处理，只是对个别不合时宜的称呼等稍做修正。

晚清民国时期的百年间，正值中国千年未曾有之"大变局"时代，也是中日关系发生逆转的关键时期，要了解和把握错综复杂的近代中日关系，尤其是从根源上解读这种关系是如何逆转的，可以说，这些游记提供了第一手的最直观、最生动的材料。

随着我国经济的发展和学术研究的不断深入，学界愈来愈关注近代以来中国人如何看世界，钟叔河先生主编的"走向世界"丛书的广泛传播也很好地说明了这一点。同样，我们也应该更加关注外部世界如何看中国。期待这套丛书能为此提供有帮助的文献材料。

张明杰

2020年春夏之交 于东京

自　序

　　云南，南与法属东京[1]交界，西与西藏、缅甸接壤，北与四川相邻。四川在云南之北，西与西藏毗邻，北经甘肃与伊犁、新疆相连。云南的海拔，平均八千尺[2]左右，就连其省城昆明也在海拔六千四百尺的高原之上，全省几乎被山岳覆盖。无论如何，不翻山越岭是无法进入云南的。因交通的不便及人文的特异性，其自古被视为秘境。自云南北上进入四川，高度陡降，形成所谓的四川盆地。盆地中的平原，平均海拔高度约为一千二百尺。岷江从北至南，流经灌县、成都平原，在叙州[3]与金沙江汇合。金沙江发源于昆仑山，从西藏高原经西藏、四川境内向南流，再经云南、四川境内向北回流，在叙州与岷江合流后为长江，经重庆、夔州、巫山，东流至中国的中原，是扬子江的干流。这条扬子江的主要支流灌溉四川全域，形成众所周知的四川盆地沃土。此地产米产盐，足以供养五千万人民，自古被称为天府之国。此外，盆地北有剑阁要隘，东

---

[1] 法属印度支那时代，"东京"（英：Tonkin，越：Đông Kinh）常被西方人用来指代以河内为中心的越南北部地区。越南人称之为北圻，意为北部边境。本书脚注若无特殊说明，均为译注。

[2] 本书中一般指日尺。明治时代1日尺=30.3厘米。各种度量单位，本译本依其原文，不做更动。

[3] 今四川省宜宾市的旧称（1373～1913年）。

有三峡天险，易守难攻，一夫当关万夫莫开，也可以说是"得蜀者得天下"。

我于明治四十三年[1]七月从上海启程，经香港、海防进入云南，再北上入川，下扬子江，十一月回到上海。其间，从海防到云南省城昆明利用了滇越铁路，从昆明到四川省城成都则是徒步旅行。尤其是自八月九日从昆明出发，至九月六日抵达四川叙州期间，每日行走在海拔一万尺的群山连绵的云南高原之上，这段长达二十九天的旅程，令我终生难忘。从叙州一路往北，在自流井探寻四川的富裕之源，登峨眉山遥望西方的大雪山，九月三十日抵达成都。徒步行程二千二百八十四公里，历时五十二天。之后，十月十日离开成都，乘民船下岷江，在叙州进入长江，再顺流而下，经重庆、夔州到宜昌。夔州至宜昌段就是那个著名的三峡。长约二百哩[2]的峡谷断崖千仞，长江之水，激流狂奔，汹涌翻卷。我乘坐一艘长度不足五间[3]的小船，漂过了这段三峡险流。

今天，宜昌至重庆通汽船，就连重庆至上游的叙州、嘉定也通机动船，而且云南、四川的上空有客机往来。以现在的眼光去看，我的云南、四川之行简直如梦境一般。不过，在交通不便的当时，徒步加小船的旅行虽然历经千辛万苦，但我因此目睹了四川的山河风貌，切身体验了各地的风俗人情。这本小著就是我体验的记录。

本书分为两部分，第一篇纪行，第二篇调查，除"滇

1　1910年。

2　英里。

3　间，日本长度单位，1间约为1.818米。

蜀山水记"之外的其他部分，几乎都是旅行当时的记录。在云南、四川跋涉山野的途中，我时而坐于岩端，时而盘腿草地，将目之所及原样记录。下榻之后，还要鞭策疲惫的身体，依赖灯芯的微弱光线记录当天的见闻。本稿就是由这种实地记录汇集而成的。在今天看来，不足之处颇多，想修改的地方也不少，但恐对实感有所损害，故只将文章的字句做了调整，其他部分均保持原样。第一篇中的"滇蜀山水记"是之后一边回想一边动笔的，不过，同样是以现实的体验为基础的。第二篇的调查主要列举了山川道路的形势及气候情况，因为那些情况至今没有任何改变。登载的照片及写生，都是当时我自己拍摄或描绘的，拓本及中国人的笔墨同样是旅行当时所得。写生虽然极其拙劣，但因为是实地描写，总觉得可以从中获得一些印象，因此难舍鸡肋，一并附上。文中的中国邮局的邮戳也是途中获取的纪念销印，日期均采用阴历，所标年份"庚戌"即宣统二年[1]，正是清朝末年，民国革命前一年。

回头一看，自巡游云南、四川以来时间已过去三十年。我一直以为云南和四川是我一个人的记忆，但我万万没有想到，现如今，它们在我们日本人的面前形象高大起来。自卢沟桥事变以来，外国人撰写的中国边疆游记被日译后接连推出，而日本人写的游记则鲜见出版。很偶然，我在今年三月，因事得闲，便借此机会整理旧记成此书。虽然是一份内容贫乏的记录，但鉴于今天的时势，与其将此云南、四川实地考察记录作为我自己的回忆压在箱底，不如

---

1 1910年。

将其献给大家，为研究中国边疆的情况提供一点参考。我想，这是我在当下应该做的事情。

所幸的是，依改造社的好意，拙著得以在此出版。于我而言，真是望外之喜。

昭和十五年[1]六月二十二日
米内山庸夫

---

[1] 1940年。

目 录

第一篇　　　　纪　行

取道滇越铁路 _ 3

河口 5 ▶ 滇越铁路 6 ▶ 牢该 7 ▶ 沿南溪河畔北上 8 ▶ 渡河 10 ▶ 山上奇观 12 ▶ 蒙自 13 ▶ 白鹭和鹈鹕 16 ▶ 阿迷 16 ▶ 宜良 18 ▶ 云南省城 20 ▶ 滇池 25 ▶ 离开昆明 29

行走云南高原 _ 31

从云南去四川 33 ▶ 徒步而行 33 ▶ 进入山路 35 ▶ 沿河畔而下 38 ▶ 东川府城 40 ▶ 行走高原 43 ▶ 翻山越岭 45 ▶ 抵达昭通 47 ▶ 龙洞 50 ▶ 白丝瀑布 52 ▶ 豆沙关 53 ▶ 老鸦滩 55 ▶ 茗荷 57 ▶ 入川 60 ▶ 下金沙江 62 ▶ 扬子江 63 ▶ 抵达叙州 65

从自流井前往嘉定 _ 67

离开叙州 69 ▶ 四川的景物 70 ▶ 自流井 72 ▶ 盐井 74 ▶ 采

1

卤 76 ▸ 瓦斯井 79 ▸ 贡井 81 ▸ 前往嘉定 82 ▸ 渡岷江 83 ▸ 凌云山 84 ▸ 苏东坡读书楼 87

登峨眉山 _ 91

四川盆地 93 ▸ 峨眉山月半轮秋 93 ▸ 从嘉定到峨眉 98 ▸ 峨眉县 99 ▸ 伏虎寺 100 ▸ 塔松 103 ▸ 万年寺 106 ▸ 李白听琴 108 ▸ 石梯连石梯 110 ▸ 白云寺 113 ▸ 金顶 116 ▸ 眺望大雪山 119 ▸ 峨眉的山猴 121

岷江与长江 _ 123

从峨眉前往成都 125 ▸ 来到岷江江畔 127 ▸ 抵达成都 127 ▸ 成都 129 ▸ 丞相祠堂 131 ▸ 被取绰号 133 ▸ 草堂寺 134 ▸ 望江楼 136 ▸ 德国与英国 137 ▸ 下岷江 139 ▸ 悲壮的决意 142 ▸ 佛头滩 144 ▸ 进入长江 145 ▸ 重庆 146

下三峡 _ 147

离开重庆 149 ▸ 入滩 150 ▸ 夔府古城 151 ▸ 滟滪堆 154 ▸ 横穿涡流 156 ▸ 登白帝山 157 ▸ 白帝城 160 ▸ 刘备与孔明 162 ▸ 大自然的力量 163 ▸ 三峡之险 164 ▸ 进瞿塘峡 168 ▸ 巫山巫峡 170 ▸ 巫山神女 171 ▸ 巫山十二峰 174 ▸ 进归峡 176 ▸ 黄牛山 179

行走古战场 _ 181

从宜昌前往当阳 183 ▶ 徒步秋山 185 ▶ 夜幕降临 185 ▶ 露宿河滩 187 ▶ 天明 188 ▶ 迷路 189 ▶ 玉泉山 190 ▶ 长坂坡 193

滇蜀山水记 _ 195

云南高原记 _ 197

翡翠与大理石 197 ▶ 进入云南 198 ▶ 金沙江 199 ▶ 高原行 201 ▶ 缭乱之花 204 ▶ 猓猡姑娘 205

巴蜀山水记 _ 207

凌云山 207 ▶ 峨眉山 209 ▶ 巫山十二峰 212 ▶ 白帝城 213 ▶ 丞相祠堂 216

玉泉山与长坂坡 _ 218

玉泉山 218 ▶ 关羽的魂魄 219 ▶ 玉泉寺 222 ▶ 长坂坡 223 ▶ 张飞横矛 225

峨眉山记 _ 226

汉民族的抵抗 226 ▶ 蒋介石游峨眉 227 ▶ 峨眉之秀丽风光 228 ▶ 普贤的道场 229 ▶ 悠然自适 231

第二篇　　　调　查

地势及交通 _ 235

疆域 _ 237

地势 _ 237
山脉 237 ▶ 水系 239

交通 _ 240
进入云南省的路 240 ▶ 经由法属东京的路 242 ▶ 云南省内的交通 243

沿途的形势 _ 245

概说 _ 247
山岳及高原上的道路 247 ▶ 沿途的海拔高度 248 ▶ 平地及平原 250 ▶ 河流及湖沼 252

滇越铁路沿线 _ 253
河口　（附）牢该 253 ▶ 河口至蒙自 256 ▶ 蒙自 258 ▶ 蒙自至阿迷 259 ▶ 阿迷至宜良 261 ▶ 宜良至云南省城 263 ▶ 云南省城附近的地势 264

滇川大路 _ 266
云南省城至东川 266 ▶ 东川一带的地势 275 ▶ 东川至昭

通 *277* ▶ 昭通一带的地势 *282* ▶ 昭通至叙州 *284*

气候 _ 305

概说 _ 307

南部 *308* ▶ 中部 *309* ▶ 西部 *310* ▶ 北部 *310*

南部地方 _ 311

河口一带 *311*

中部地方 _ 313

蒙自一带 *313* ▶ 阿迷一带 *315* ▶ 宜良一带 *316* ▶ 云南省城一带 *316* ▶ 昭通一带 *318*

第一篇 纪行

取道滇越铁路

红河(河口)

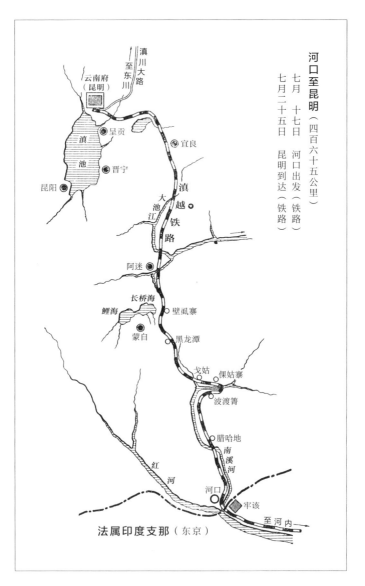

踏查图（1）河口至昆明

河 口

虽然这是一种在竹竿上搭着萱草顶棚的建筑,但我在云南省河口见到这种萱草顶小竹屋时有些莫名地怀旧。那些小屋的前面流淌着南溪河水。

河口位于云南省南端,隔南溪河与法属东京相望。河口及牢该[1]的主城都在南溪河畔,由南溪河上的桥连在一起。桥的正中央就是中国与法属东京的国境线。

南溪河发源于蒙自南部的一个分水岭,向南穿流于群山峻岭之间,在河口进入东京平原,流经河口、牢该两市,注入红河。其上游是海拔五千尺左右的高原,而河口的海拔是二百九十五尺,也就是说,南溪河从蒙自南方的分水

河口(云南省)

---

1 今越南老街。

岭戈姑到河口一百二十五公里的行程，平均每公里就有二十一尺的坡度。沿岸的溪谷间，岩头绝壁耸立，奇观纷呈。滇越铁路自河口沿南溪河逆行。

滇越铁路

滇越铁路是法国建设并经营的一条从法属东京的海防至中国云南省城的铁路。其东京线从海防船渠至越南边境牢该，长三百八十九公里，云南线由牢该对岸的河口至云南省城，长四百六十五公里，全长八百五十四公里。

滇越铁路的铺设原本是法国政府提出的计划，其中的东京线由法国政府组织设计。然而，法国在终于从中国取得云南铁道铺设权之后，却计划将东京线延长至云南省城，并于一九〇一年组建滇越铁路公司，委托铺设云南线，同时决定将东京线也转让给该公司经营。如此一来，东京线于一九〇六年开通至牢该，云南线虽然在外交及技术上经历了重重困难，但也在一九一〇年四月看到从边境河口至云南省城全线四百六十五公里的铁道开通，这比预定时间仅仅晚了一年零四个月。

云南省，目之所及群山连绵，铁路居然完美征服云南山岳铺设成功。这条滇越铁路云南线是云南的首条铁路。英国曾计划从缅甸修建一条铁路到云南省城，但计划尚未实施，法国铁路就进入了云南。这条铁路从海拔二百九十五尺的河口至海拔六千四百尺的云南省城，全程四百六十五公里的铁道，沿溪谷在群山间一直往上行，铺设工程极其艰难。这是一条窄轨铁路，枕木及电线杆全部以钢材建成。走一次这条铁路，才知道它是一项多么艰难的工程。与之同时，会为在鸟飞绝的千山中穿崖越岭铺设铁道之举而惊叹不已。

牢该

我七月一日从上海出发，经香港在海防登陆，然后由滇越铁路东京线经河内前往牢该。同月十四日抵达牢该，投宿一家名曰天顺栈的中国旅店。

我们一到牢该，就有法国官员前来盘问。这个官员既不懂英语也不通汉语，我们也听不懂法语，结果就找来翻译当中间人，而翻译又是两人接力的形式，即一个懂法语的巡查，他是安南人，他先将法国官员用法语说的话翻译成安南话，然后由一个懂安南话的广东人翻译成夹生的北京话转述给我们，麻烦之极。我被问到身份、职业、来此地的目的、去往何处等问题。我如实作答：我是学生，要从云南去四川，在牢该别无他事。法国人问从云南如何去四川，我拍拍大腿说步行去，他瞠目结舌，露出一副滑稽的模样。

牢该很热，不可言喻地热。旅舍不通风，一晚上睡出满身痱子，个个有红豆大小。我甚至想，暑热这种东西有时也是会令人痛苦不堪的。

牢该位于南溪河与红河的汇合处。渡过南溪河桥就是中国的云南省。红河的对面称黑龙，同属法国殖民地，有法国军队驻扎。红河水的颜色，如其名，呈深红色，如污血流淌令人作呕。红河两岸，一丈多高的茅草苍郁丛生。红河原来是这样一条河。

南溪河的水非常美，宛如清冽的玉石一般。我们为了冲走东京的酷暑，赤身裸体跳入河中。南溪河对面的中国领地上有一座丘陵，那就是五指山。孙文为推翻清朝首次揭竿起义就在那里。光绪三十四年[1]即明治四十一年旧历四月二十九日的夜晚，革命党在河口起义，第二天的三十日占领该山，盘踞此山一月有余，后被云南过来的增援部队打败。当时革命党高举的就是青天白日旗。

五指山往北，突然出现巍峨群山，重峦叠嶂，高耸入云。南溪河穿过山岳飞流而来。滇越铁路云南线沿这条南溪河河谷一路上行，我们借这条铁路进入云南。

沿南溪河畔北上

七月十七日，上午七点三十六分，从河口出发，乘滇越铁路前往蒙自。

火车沿南溪河渐次上行。这条铁路是窄轨，在我这个来中国只见过宽轨铁路的人眼里尤显稀奇。这条铁路与中国北部石家庄至太原的正太铁路是中国仅有的两条窄轨铁路。滇越铁路由法国建设，正太铁路由法国和比利时的企

1　1908年。

业联合修建。两者的建设属同一系统，而且沿线的地势也很类似，都是重峦叠嶂地带。唯一不同的是，滇越铁路的规模远超正太铁路。

滇越铁路沿线的风致奇特壮观。沿南溪河前行，山势逐渐高大起来。左侧，突兀的山崖不断掠过车窗；右侧，隔南溪河与法属东京相望。岸边芦花缭乱，倒映清流中的芦苇丛美不胜收。河的南侧，东京领地上，又是竹林又是芭蕉林，典型的热带风光，一片葱茏。

南溪河的北侧即云南省，其地势与对岸的东京各异其趣。沿河有高山耸立，火车在群山间穿行。面对车窗，进入眼帘的唯有断岩和山崖。不久，火车离开边境，沿南溪河北上。

上午十点二十三分抵达腊哈地。河口距腊哈地六十六公里，其间，铁道常以二十五毫米的坡度沿南溪河向山上延伸。

自腊哈地开始，山势走高。火车在高出南溪河水面约一百二三十尺的山腹掠崖穿岩一路前行。在山崖边拐弯时极其危险，令人胆战心惊。这一带，山上没有树木，火车在群山间穿行。山中有为数甚多的隧道，腊哈地至白寨十一公里间四条，白寨至湾塘十一公里间十一条，湾塘至波渡箐十三公里间十九条。除隧道外还有无数条开山而建的通道。由此可以想象，这条铁路的建设是多么地困难。

南溪河已经远离法国殖民地，铁路仍然顺着南溪河上游的溪谷在连绵的群山间盘旋而上。铁路沿线几乎不见人家，车站附近也只有铁路附属的建筑而没有民居。遥望四周的群山，山腰以下的地方无住户，山腰至山顶附近，有稀稀落落的民房。有人居住的地方生长着竹林，竹林旁边种着庄稼。民房都在溪流的一侧，不见在溪流两侧都建有民居的情形。

群山的溪谷中，因地势的关系，风大多朝一个方向吹。从山顶往溪谷吹的风，顺着山坡吹到谷底，又从谷底顺着另一座山的斜坡往山顶吹。据说从山顶往下吹的风对人畜无害，但从谷底往上吹的风含有瘴气，会危害人类健康。这便是所谓的瘴疠之气。这种瘴气所经之地不适合栖息，当地人都避居他处。故而他们都居住在山风往下吹的地方，并且是在尽可能高的、接近山峰的斜坡上。

火车继续沿着溪流前行。河的对岸出现一片树林，但见树林旁边的河滩上，有上百只猴子在嬉戏玩耍。火车一来，它们便惊慌失措地逃入林中。群猴在玉石般的河滩上，要么呆立石头之间，要么腹部着地张皇爬向树林，其场面既有趣又壮观。

渡　河

经过波渡箐之后，道路变得越发险峻。火车在车尾新增了一节机车。即便这样，行驶还是极其缓慢，以至于乘客可以不紧不慢地上下车。隧道接二连三，令人目不暇接。其间还有铁桥，火车借此横空跨越溪谷到达对岸的山上，令人叹为观止。此乃滇越铁路的第一奇观，估计中国其他地方和日本都没有这种铁路桥。仅从铁路建设的技术来看，这座铁路桥的建设也是一项极其艰巨的工程。

火车在溪流一侧的山坡上行驶，来到一处需要过河到对岸的地方。然而，溪谷的两侧，有山岩直逼河边，没有足够的余地铺设弯道以供火车过河掉头。迫不得已，火车钻进山中，在山洞内拐个大弯，然后面对溪谷照直驶向洞口，直接开上洞口处架设的铁桥渡过溪谷，又照直钻进桥另一头的山洞中。然后在山洞内又拐个大弯开出洞外，来到溪谷对岸的山坡上。这之前，火车是沿着溪谷在对岸的山坡上往东行驶，等它穿山过桥，钻入山洞出来后，就在溪流这边的山坡上向西行驶了。刚才驶过的那段铁道仅一河之隔，近在咫尺。就这样沿着溪谷行驶了一段之后，渐渐离开这条溪流，又沿着另一条溪水爬坡。

为简明起见，以图示之。火车沿溪流在溪谷南侧的山坡上行驶而来，在 A 点离开溪谷钻进隧道潜入山中，然后在山中从 A 拐弯到 B，从 B 朝着溪谷直线行驶，在 C 点出隧道。一出隧道就是连接 C、D 两地的铁桥。过完铁桥，从 D 点开始又是隧道。火车直线冲入山中，从 E 点拐弯到 F 点后驶出隧道。火车过河后，在对岸的山腹逆向前行。

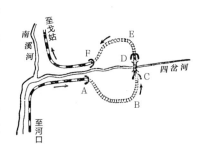

山上奇观

就这样,火车过溪谷绕山腹一路往上爬行。山势逐渐增高,窗外白云往来。

午后一点二十二分到戈姑,自河口出发,大约过了六个小时。河口距离此地一百二十五公里路程。在这里,铁路几乎达到最高点。这里是高原的起点,海拔高度七千尺左右。四面环山,不见树木,唯有山峰高耸,石笋群立。戈姑有一些民家,还驻扎着军队。

从戈姑发车之后又沿着南溪河上游行驶。这一带的坡度极其舒缓。沿线奇岩怪峰乱立,白云往来其间,景观奇特。

下午三点一分到芷村。这一带为平地,住户较多,车站拥有相当的规模,建有铁路附属的车库、仓库、工厂等。

离开芷村北行,左侧出现一个怀抱着大平原的盆地。这就是蒙自平原。蒙自县城位于盆地的中央。盆地北侧有两个湖泊。长桥海和鲤海。盆地四周群山矗立,俨然修建了围墙一般。铁路下行至平地,继续沿山腹向北行驶。下午三点三十六分,驶入位于山腹的蒙自黑龙潭车站。在黑龙潭站下车,前往蒙自县城。两地相距八公里,在驿站雇马运行李,我们一行徒步前往。下陡坡来到平地,然后步行一日里[1]左右抵达蒙自,前往同胞折居氏在东门外的寓所投宿。

折居氏受帝国大学理学部的委派在这里出差。数年来,

---

[1] 日里:日本的距离单位。1日里约等于3.927公里。

他为了采集鸟兽的标本,从北方的桦太、千岛、西伯利亚跋涉蒙古、兴安岭来到这里。据说这之后,他要周游云南省采集标本。

蒙 自

我们从七月十八日到二十一日在蒙自停留了四天。其间尽可能地走访了各家机关,对当地的情况做了调查。除折居氏之外,还有一个叫和田辉吉的同胞在做日本杂货生意。

七月十九日,前往县衙门访知县胡思义。他是江西人,三十五岁,听说本来在上海。他拿出三鞭酒,又拿出洋点心欢迎我们。

前往衙门访道台龚心湛。他是安徽合肥县人,四十一岁,据说二十年前还在日本待过。之后在英、美、法等国任职,回国后在广东任道台,去年来蒙自这边。蒙自的道台,正式名称为临安开广兼管关务道,兼兵备道和海关监督两个职务,乃云南省要职之一。

七月二十日,经龚道台的介绍,前往蒙自海关访税务司卡比特氏:一个法国人,会一口流利的中国话。他颇为热情地介绍了各种情况,并为我们提供了种种方便。

之后,访蒙自正关。正关是掌管纳税的机构。随后去

蒙自（云南省）

了一家名为万来祥的中国店，打听蒙自的商业经济。在一家中国人开的面馆填饱肚子后又去逛街，途中遇大雨来袭，于是躲进了一家希腊人开的店，没想到希腊人热情地与我们交流，还送了我外国邮票。接着去了一家安南人开的店，与他们闲聊直至天空放晴。傍晚时分回到旅舍。

七月二十一日，去法国人经营的一家医院参观，见到一位容貌酷似拿破仑的法国人，可是无论我问什么，他都不得要领。接着去了法国领事馆，与领事会面，详细询问了蒙自的气候。领事拿出法文书写的文件，将其中有关气候的表格翻译成英语送给了我。

蒙自这个城镇出乎意料地小，城墙规模不大，城内的街道极其狭窄，很难找到热闹的大街。东门外已成为法国租界，有法国领事馆、法国邮政局、学校、医院、中国海关等，外国人大多住在这里。西门外是商业街，是蒙自显要的场所，但不够繁华，其中最大的商店，开间也不过三间，店员也不过两三人而已。

蒙自最为突出的就是法国的势力，中国海关税务司署的税务司也是法国人。驻蒙自的外国人中，法国人的数量位居第一，在郊外看到有法国小孩儿在安南保姆的看护下玩耍。

据说县城周长四里，城高约二间。城内房屋大多为土造，街道宽约一间半至二间。

蒙自有名的物产是锡矿。锡矿产于蒙自西五十里的个旧，据说年产量约有二千张（一张有二十五块，地方秤计量为二千六百五十斤，海关秤约为二千八百三十二斤）。

蒙自附近，除锡矿以外没有其他特别的物产，生活水平低下。尽管如此，日常用品及其他商品物价相对较高。

做货币兑换生意的人在路上放一个台子，在台子上摆放一些小面额的银元铜钱。据说，这就是蒙自的金融机构。

蒙自盛产石榴，树大果实好。桃子也多，水蜜桃之类的，花十文钱居然买到三十个。还有大枣、无花果，也是随处可见。

郊外白鹭成群，蒙自到壁虱寨[1]途中的长桥海附近有大量的鹈鹕。我们停留蒙自期间，折居氏前往打猎，捕获一只鹈鹕，烧给我们吃了。

这里有很多擅长汉语的法国人。身材硕大的西洋人骑在比自己还矮小的云南马上，趾高气扬地走着，那个画面真是滑稽可笑。

1　今碧色寨。

白鹭和鹈鹕

七月二十二日,从蒙自出发前往阿迷[1]。

下午一点,出旅舍上马,朝蒙自壁虱寨驿站出发。马小鞍劣,反而比步行还痛苦。

途中遇到苗族男女四五人,其着装与容颜别有情趣,我驻马观望,他们却一溜烟地逃走了。路旁有成群的白鹭,快到长桥海的时候,看到湿地上有很多鹈鹕。就这样,我在马背上,一边眺望四周景色一边尽情高歌,屁股的疼痛早已忘到九霄云外。随着壁虱寨的临近,路面开始上升。沿坡道盘旋上行,到驿站时已是四点十分。

据说开往阿迷的火车四点七分发车,而我们到达的时间是四点十分,结果运气不错,火车晚点,四点三十分才发车去阿迷,五点五十七分抵达。当晚,投宿城外的华丰客栈。

阿 迷

七月二十三日,留宿阿迷。

前往州衙门拜访知州徐旭。知州问我们是否带有京都纺织品。

阿迷的街上有猓猡摆摊卖东西。据说猓猡人是苗族的一种,他们中有不少的人居住在阿迷

---

[1] 今开远。

附近。上街卖东西的都是妇女。头戴串有红玉石的头巾，身穿镶有红条纹边的宽松衣服。中国人开的店里有猓猡制作的笛子卖，一问价格，说要三元。太贵，没买。

有一个叫李全本的中国人投宿到同一家旅舍来，大理人，自称是岩仓铁道学校[1]的学生。就是这个李君告诉我们，大理三塔寺的塔，高三十六层，为中国第一高塔。

阿迷也有很多法国人居住。

七月二十四日。上午六点三十八分，从阿迷出发乘火车前往宜良。

火车沿小河逆上，进入溪谷中。河的两岸，断崖突兀矗立，岩石千姿百态，景色妙不可言。火车沿左岸，在断崖下穿岩切崖一路向前。周边风光壮美绝伦。

火车在这段溪谷中要过河。其方法与河口至蒙自间渡过南溪河上游溪谷时相同。只不过，这里正当断崖矗立之地，因此更显其妙。在河左岸的断崖边，掠崖而过的火车

卖东西的猓猡人（阿迷）

---

[1] 日本的一所私立学校。

一头扎进隧道进入左侧的悬崖，在悬崖下向右大拐弯后，面朝溪谷径直驶出悬崖上铁桥过河来到溪谷右岸。火车在悬崖中画了个半圆开出来，真是了不得！

七点十八分，到达小龙潭站。

火车离开小龙潭沿大池河右岸北行。火车再次进入溪谷。真是人间绝境，一群群猴子在河畔玩耍。

从小龙潭行驶二十一公里过巡检司驿。这一带地势平缓。不久又进入群山之中。地势急峻，山高谷深。溪谷两侧奇岩乱立，山崖底下激流狂奔。火车贴着山岩行走。又看到猴子成群结队地在对岸的山岩间穿行。

火车驶过西扯邑后，山势逐渐降低高度，河面开阔起来。河上有船，船的前后都是尖的，看似可以自由进退。

过西洱之后，山势又开始增高，松树葱茏。火车一直在深山中行驶，通过滴水站后，来到深山尽头，不久进入平地。河流舒缓，河面宽阔，足有一百米左右。水量增大，有小船通行。

下午两点抵达宜良。

宜　良

一到宜良，我们就把车站巡警搞得狼狈不堪，不知所措。他询问我们的姓名职业，在了解情况之后，帮我们寻找搬行李的力夫和旅店。在

巡警的斡旋下，我们住进北门外一家名为鸿顺栈的旅馆。

还是初次投宿中国的农家旅舍。住宿条件之恶劣难以描述。进门处的右侧是马棚，其前方是水沟。室内并排放着两口木箱，上面铺着三四张粗糙的木板，据说这就是床。上面积满灰尘。旅店的米饭，一粒一粒的，用筷子夹不起来。房费每人一角。

前往县署访知县邹德淹。邹氏四十七岁，是一位老好先生。

晚上，邹知县回访，一起吃面。知县离开后，警察署长找上门来，身后跟着数名部下。他扯着嗓子问我们此行的目的，然后逃也似的匆匆离去。

这一夜，头痛难忍。受臭虫和跳蚤的围攻，抱着疼痛的脑袋入睡。

七月二十五日。

下午一点，离开客栈。启程时，县署那边有几个衙役和巡警过来帮忙打理行李，总觉得其所作所为像是希望我们尽早离开这里的样子。

下午两点，离开宜良，再次乘上火车，朝云南省城进发。今天，终于要跟滇越铁路挥手道别了。从车窗优哉游哉地眺望四周的景色。渐渐地，平地多起来了。这一带梨树繁多，梨子如铃铛般挂满枝头。枣树也不少见，有的地方整片土地上种着枣树。

云南省城

距省城不远的地方,土地越发开阔,小湖泊随处可见。这里同样栽种着成片的梨树。梨园尽头,有二塔耸立。那里就是云南府。

下午五点四十分,抵达云南省城。

这天,火车上还有一个精通日语的、穿着学生服的中国人和一个穿着绛紫色日式裙裤的女学生。跟那个学生聊天得知,他是我们在阿迷遇到的那个李全本的兄长李厚本,在东京高等师范学校留学。我在心里猜想那个女学生的身份,就是没有勇气问出来。到站后,那个穿裙裤的女学生跟李厚本并肩下车离开。我们想当然地认定,她是李厚本的妹妹。

我们一行六人,最终去了云南省城南门外的保田商店投宿。

我们从七月二十六日到八月九日,在云南省城停留了十五天。其间,会见了旅居昆明的同胞、中方的高官以及法国领事等形形色色的人。当地有为数众多的日本教习,据说农业学堂几乎都是日本教习开设的。而且,在相当于日本军官学校的云南讲武堂里,虽然没有日本教官,但从校长到教官,几乎可以说全部是日本陆军军官学校毕业的人。我们受到极大的欢迎。我对云南拥有如此浓厚的日本色彩惊叹不已。尽管在云南我发烧躺了三天,但它给了我极其美好的印象。

七月二十六日,到昆明的第二天,走访了旅居此地的日本人。

首先去云南陆军皮革厂拜访石冢氏。听说他曾经是四川省成都陆军皮革厂的技师,去年又接受云南方面的招聘,创建了云南陆军皮革厂。他深得云南布政使沈秉堃的信任,不仅担当皮革厂的技师,还是云南省政府的顾问。

当天下午,本打算前往农业学堂造访各位日本教习,不想他们却抢先一步过来看我们,并陪同我们去学堂参观校舍,然后安排我们去澡堂泡澡。自海防出发以来,这是第二十四天,能泡个澡,简直是莫大的福气。

七月二十七日。

云南陆军讲武堂邀请我们参加运动会。讲武堂在日本相当于陆军军官学校。这次运动会虽然是讲武堂的首届运

昆明(云南省城)

昆明（云南省城）

动会，但这类活动据说在云南也是初次举办，因此，盛况空前。

讲武堂的正门前人山人海，熙熙攘攘。人们争先恐后地往里挤。门卫制止他们胡乱闯入但收效甚微，最终关闭大门，挥舞长鞭噼噼啪啪地朝聚集过来的人群头部一阵猛抽。

运动会场完全按日本式样装点，运动项目的进行顺序也照搬日本规矩。出场式上，劝学所的小学生舞蹈队列非常漂亮。化装队列中，有人装扮成日本书生，与在神田一带常见的书生一模一样。

据说讲武堂是去年设立的，二十余名教官全部是毕业于日本陆军军官学校的青年军官。他们热情地迎接我们，运动会结束后，招待我们参加晚宴。与身着日式军服的青年军官用日语交谈，完全没有远在云南的感觉。

七月二十八日，下午两点左右感到一阵寒意袭来，不一会儿就发起四十度高烧。卧床休息。

二十九日，早晨，稍感轻松，但下午又发起烧来，四十度，头痛欲裂。

三十日，浑身轻快。受布政使之邀出席晚宴。他招待我们吃西餐。

三十一日，接受石冢氏的邀请，出席日本料理晚餐。日本人还是最喜欢日本料理。

八月一日，参观皮革厂。厂里除石冢氏之外，还有四名日本职员。

八月二日，上午，走访了农业学堂，参观了纺织厂。

参观云南模范监狱。总办唐老爷毛遂自荐，为我们做了详细的说明。

下午，参观陆军测绘学堂，李监督亲自接待了我们。据说，该学堂去年设立，现在有七名教官、八十余名学生。

八月三日，参观陆军讲武堂。授课教练全部采用日本方式，极其正规，感觉不错。寝室清洁整齐，学生为了戴帽子，将发辫拿到头顶前方结成发髻，模样滑稽。

下午，前往宝兴公司，了解云南矿业的相关情况。

八月四日。

访云南通省劝工总局。局里有一个叫胡筠的人，据说

杨福璋的对联
（昆明）

胡筠的花鸟
（昆明）

擅长绘画，因此，拜托他挥毫留作纪念，他爽快地答应了。

参观云南童工厂，有一个叫王桂的人热情迎接了我们。他说非常喜欢日本和日本人。请他写一幅字留给我们做纪念，他称自己不敢当，答应找朋友中擅书者写给我们，然后说巡警道杨大人写一手好字，明天为我们引荐。

八月五日。

上午王桂氏来访，我们一道前往拜访巡警道杨福璋。杨道台是浙江绍兴人，四十岁，着官服出迎，以三鞭酒招待我等，并爽快地答应为我们挥毫。

下午，按约定，访劝工总局的胡筠，获赠扇子以及他挥毫的小品两枚。

参观云南初等工业学堂。

八月六日。

上午，前往法国医院造访，询问云南的气候状况。法国医师详细介绍了各种情况，他说医院里没有现成的调查表，答应后天之前向领事馆咨询后制作成表格给我。

前往陆军机械厂。该厂一直在生产武器弹药，以保密为由拒绝我们参观。

访造币局、厘金总局、云南府税局、五城厘金总局等。

巡警道杨大人的代理人，手持名片前来答谢。

滇 池

八月七日。游滇池。

云南简称滇，四川简称蜀，云南的"滇"源于云南有个滇池。

滇池位于云南省城的南部，南北长，东西短，据说南北约一百二十里，东西约三四十里。云南省城西门外有运河通往该湖，有船定期来往于省城与滇池南边的昆阳。滇池跨昆明及呈贡、晋宁、昆阳各县，其西北部因湖畔多胡枝子而得名草海，东部以多水而得名水海。

八月七日，从省城西门外乘船经运河来到大观楼下，从这里乘船去滇池。滇池水域开阔，湖水荡漾。西山峻峰在水彼岸，我们的船朝西山划去。

船中型大小，中央设有舱室，类似厅堂，便于湖上观览。船舱正中放着一张桌子，窗户敞开，从西侧可眺望湖上风光。船老大静静地划着桨，船在湖上分开水草悠然滑行。岸边，芦苇丛生。

突兀高耸在滇池岸边的就是西山。西山的山峰云雾缭绕。我们在放晴的湖上，高扬着日章旗朝西山行进。微风轻拂，凉爽宜人。我仿佛忘却了这个世界，心情大好。

将船系在西山脚下，我们上岸去爬西山。道路两侧柏树成荫。我们沿陡坡攀登，气喘吁吁地拾阶而上，路旁开放着美丽的花朵。登上坡顶，路指向断崖。断崖上有一条凿洞建成的隧道。穿隧道到另一头，见断崖上开着一矩形洞穴，洞中修建一庙。断崖边设有栏杆，以防坠落。山崖上雕刻佛像。

断崖向空中突起，其顶端形成岩峰，其下面部分，几

滇池1（云南省）

滇池2
（云南省）

乎是笔直地抵达滇池水面。高度约有四五百尺。我认为，所谓的"千仞之谷"指的就是这种状态。滇池水域宽广，彼岸消失在云际天边。北面，夕阳下，云南省城映照于彩霞之间。站在峰顶，目睹山水，耳闻风声，感觉身上长出了羽毛，在滇池上飘然欲仙。这便是招来祥云、羽化登仙的感觉了。我自言自语，沉醉陶然。

断崖上生长着稀罕的苔藓，苔藓间盛开着美丽的花朵。我欣喜若狂，采集这些珍贵的高山植物夹到笔记本里。在这座被赋予了大自然之美的山崖上，居然有人毁崖修建了红漆庙宇，令人扼腕痛惜。

下西山乘船踏上返程之路。我们上山这段时间，船夫一直在滇池里钓鱼。他钓到一条二尺多长的鲤鱼，将其做成生鱼片来下麦酒。暮色降临，船抵西门时，天已黑尽。

滇池

离开昆明

八月八日。阴。

终于结束云南省城之旅,明天将离它而去了。——前往停留期间麻烦过的人家道谢。

访知县,拜托他安排沿途护卫。我们一行人打算徒步从昆明去四川省城成都。雇了搬运行李的力夫。一人一天四十仙[1],预定从昆明至云南昭通走二十天。

从巡警道杨氏那里送来一幅为我挥毫的对联以及两册禁烟画报。

下午,一一走访皮革厂、农业学堂、讲武堂,与之道别。

前往法国医院看望医师福埃里氏,就云南省的气候做了交谈。

童工厂的王氏送来匾额两幅。

明天真的要离开云南省城了。

---

1 即四角钱。

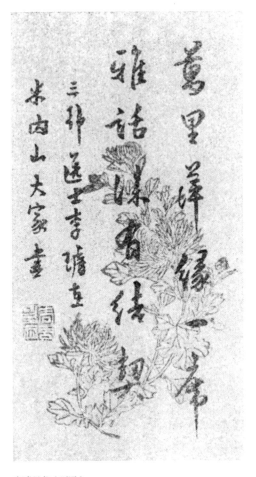

李璠所书(昭通)

行走云南高原

江底（滇川大路）

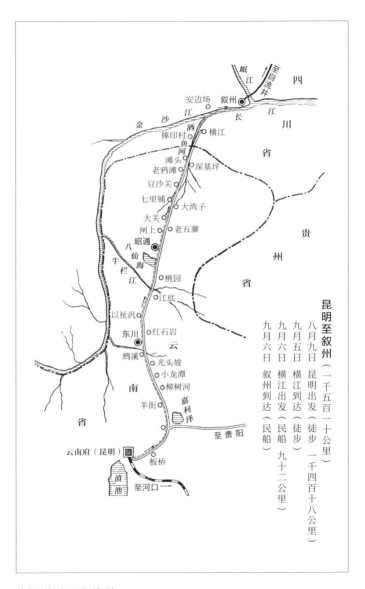

踏查图（2）昆明至叙州

从云南去四川

群山连绵的云南。从云南省城去任何地方都得翻山越岭,并且每座山都非同一般,海拔高度都在一万尺左右。通往各地的路是名副其实的千山万岳之路。北方的山尤其高,就连高原之上的路,标高也在一万尺上下。群山之间,朵朵白云飘来浮去,就因为云南地处这片云彩的南方,故被称为云南。我们打算从云南省城昆明翻越这些白云缭绕的群山去四川。

从昆明前往四川的路有两条:一条往东,经贵州到四川泸州,另一条从省城朝北直行经东川、昭通到四川叙州。途经贵州的路比较轻松,但途经东川、昭通的所谓滇川大路则要翻越高达一万尺的群山,不用说车,有的地方连马都无法通行,此路是不折不扣的翻山越岭之路。

我们要徒步行走的就是这条滇川大路。

徒步而行

八月九日,这是我们从云南省城出发的日子,整个上午都耗费在了行装的准备上。雇来五名挑夫,把所有的行李交给他们,我们轻装上路。挑夫一人担七十斤行李,费用一天四角钱,从省城到昭通十二天,一共支付每人四元七角钱。

县衙门派来两名士兵护送我们。

在保田家，主人为我们做了红豆饭，祝我们一路平安。石冢等其他几位旅居昆明的同胞前来送行。正午我们动身出发。约定当晚住板桥，让挑夫担着行李先走一步，我们在城边茶楼享用了同胞们的饯行茶点之后才离开云南主城。田边和沟延二氏送我们走到很远的郊外。来到种着一排松树的地方，我们与他俩告别。我们挥舞着日章旗依依不舍地离开，直到看不见对方的人影。

途中追上挑夫。这一带还是平地。阴沉的天空下起雨来。傍晚时分抵达板桥。旅店为我们做了饭，是用颜色发黑的本地米做的。我们决定安排值日，负责从今往后的伙食，即每天到旅店后为大家做下饭菜。按惯例，米饭请旅店帮我们煮。晚饭后，我在旅店的草甸上躺了一会儿，然后借助灯芯发出的微光写日记。我切身感受到了在中国旅行的滋味。这一天，行程四十里。

八月十日，阴。

从板桥前往杨林。

这天，第一次穿中国的草鞋。因不习惯，穿着不好走路。草鞋的前端只有一根绳，需要将这根绳子巧妙地由内往外绕在脚踝上。

云南的平原还在延伸。从板桥步行三十里来到长城，从这里开始，地面有所增高，丘陵起伏。这一带松树成林，松叶为三叶状，有六七寸长。松果大得惊人，有的长达五六寸，直径达三寸左右。

下午两点左右抵达杨林。去贵州的路在这里分道。前方有一湖，名嘉利泽[1]，对岸高耸的药林山[2]，是周围群山中的最高峰。

八月十一日，上午七点，从杨林启程前往羊街。

沿嘉利泽湖畔的路前行。湖畔白鹭成群，湖中水牛闲游。走过猪街、狗街来到羊街，用羊、猪、狗等家畜给街道命名富有生活情趣。快到羊街的时候，平地走到尽头，起伏的山丘从北边直逼过来。

晚上睡觉时，有臭虫从天花板上掉下来。

八月十二日。离开羊街前往柳树河。

走出羊街，发现周边已经不见水田，只有成片的旱地。地上覆盖着荞麦花，雪白的一片。路边的茶摊在做荞麦饼生意。

走过金所街不久，遇到天降大雨。因无处容身，只得任雨水湿衣，继续前行。

傍晚抵达柳树河，这是一个河边小村，河与村同名。

进入山路

八月十三日。从柳树河出发前往小龙潭。

沿柳树河溪谷前行二十五里到达功山。至此，平路中断，进入山路。路，一步高过一步。放眼前方，来路渐次升高，直通遥远的云端；俯瞰脚下，柳树河溪谷深不见底。我们踏岩攀崖寻路而行。路端芙蓉花开，山上更是花团锦

---

[1] 今嘉丽泽。

[2] 今药灵山。

簇，各种草花适时绽放。

傍晚走到小龙潭，这是一个地处海拔高度七千尺的小村庄。旅舍下流淌着潺潺溪水。

八月十四日。从小龙潭前往光头坡。

路在群山间穿来穿去，不断上升。从小龙潭前行二十里就来到高原。这一带海拔高度八千尺左右。高原一马平川，放眼望去，各种草花色彩斑斓。

暮色时分来到光头坡，它是山岭上的一个小驿站。

八月十五日，阴。

上午六点半出发，拂晓的天空有几分寒意。拨开朝雾，踏着山岭上的路前行。沿着小河在哨牌山的山路上攀岩走崖。周围的群山，海拔九千至一万尺不等，是昆明至东川路段上最高的地方。长达三里（即半日里）的陡坡累得我们气喘吁吁，饿得我们饥肠辘辘。山顶有茶馆，在卖羊杂汤。羊皮羊肠一锅煮，一碗十文钱。还出售连盐都不放的白水煮羊肉，同样一碗十文钱。糖豆块一两（即日本的十匁[1]）十文。我们用这些东西果腹。羊杂很腥，食后口中的感觉非常不好。不过总算填饱了肚子，我们又元气满满地拨开朝雾行走高原。

高原尽头的下山处，有两三家住户，房前有四五个年轻的姑娘和小孩儿在玩耍。我刚一靠近，她们就慌忙跑进家里关上了房门。当时，我的脸被太阳晒成了古铜色，胡子拉碴，头戴钢盔，肮脏的西服上套着油纸衣。或许，在这个祥和之地的姑娘们的眼里，我是个可怕的怪物。估计

---

[1] 匁：日本古代衡量单位，1匁约等于3.759克。

她们以为是"洋鬼子来了"。后来跟同伴提到小姑娘被我吓跑这件事儿，同伴们盯着我的脸和装扮上下打量了半天后扔出一句话："不跑才怪呢！"

走到高原尽头开始下坡。又是非常陡的坡道。走完数里长坡，看到一个茶摊，有三个女人一边做针线活一边卖馒头。因腹中无物，赶紧跑过去说买馒头，不想那个年长的女人用颤抖的声音说不卖，两个年轻女子则一溜烟逃到茶摊后。我说摊上的东西岂有不卖之理，女人手拿五枚一文的铜钱给我看，说：一个五文，给钱不？给钱的话我就卖。我在心里嘀咕：我是日本青年，怎么可能不给钱白拿别人的东西。我控制着自己的情绪，从口袋里掏出一百文小钱给她看。年长的女人这才给我馒头。虽然用馒头填饱了肚子是值得庆幸的事情，但一见到我就撒腿逃跑或声称不卖东西给我，这对我而言有失公道。

一路下坡，沿山麓盘旋来到鹨溪[1]。这里清流潺潺，柳树成荫，景色诱人。恰逢鹨溪赶场，热闹非凡。或许是盂兰盆节临近，有很多佛坛之类的摆设出售。

我们在旅店安顿下来之后开始准备晚餐。

我们一行六人，如果步调一致，并肩而行的话，旅途情趣将大打折扣，因此分三拨儿行动。每天轮换值日：二人打头阵，二人负责行李，其余的二人自由行动。打头阵的人，要走在一行人的前头，不在途中耽搁，直接前往当天的目的地，找旅店，准备食宿，并把日章旗竖立在店头，以便后到的人找对门儿。负责行李的人要跟在五个挑夫的

---

1 今鹨鸡。

后面监督。自由行动的人，途中可以随意而为，尽情游玩。就这样，傍晚时分在旅店落脚之后，大家一边交谈途中见闻，一边享用值日者用心制作的晚饭。在高原上放飞心情走到筋疲力尽的我，抵达城区看到旅店前飘扬的日章旗，心情无以言表。

今天，我们踏破了滇川大路上的高峰，即海拔一万尺的群山，因此抵达鹦溪后，我们花二百五十文买来一只鸡，做了顿好吃的犒劳自己。没有酱油，就用盐将鸡与大葱、茄子、豇豆来了个一锅炖。盐是云南产的岩盐，黑乎乎的。

买了双草鞋，花了八文钱。

沿河畔而下

八月十六日，上午七点，离开鹦溪。今天我负责行李。

绕山麓沿河畔下行。大雾弥漫山间。河畔的柳树，烟雾缭绕，在重重叠叠的群山陪衬下，景美如画。

河畔的芦苇丛中，群鹤忽隐忽现。

九时许，云开雾散。我们沿大河下行。所谓的"大河"是一条河流的名称，在只有溪流的山间，难得有这么一条大河，于是就以"大河"命名了。顺河而行，路端岩间山花烂漫。如丝的瀑布从山峰落下，碰到岩石，水花飞溅。

从鹦溪行十五里来到三家潭。这里有好吃的梨和玉米。梨相当大，二文钱一个。玉米十文钱一根。

行三十里到大桥。有四十来户人家，开有旅店。

途中遇到一支中国人的送葬队伍，他们要把棺木运到昆明去。棺木放在一个外表豪华的台子上，由十六个力夫扛着。棺木前插着黄色旗子，送葬人唱着哀歌徐徐前行。棺材上站着一只鸡，我对它不离开棺木老老实实地待在上面十分好奇，仔细一看，才发现它翅膀上的羽毛被剪断了。遗族乘轿跟在棺木后面，护卫士兵紧随遗族身后。

再行一程，看到五六户人家。欲打听村名，走进其中最大一户人家。一进门，看见中庭里有四五个妇女坐在那儿一边闲聊一边干活。因我突然闯入，年轻的女子抱着婴儿慌忙逃进里屋。两条大狗狂吠着向我扑来，我手握棍棒准备招架。这时，一个十二三岁的男孩儿出来拉狗，我告诉他我不是什么怪物，只是想打听这个村子叫什么名字，于是，一个年老的妇女战战兢兢地说出了村名。她差点儿大喊救命。看来我在他们眼里是一个相当可怕的怪物。与其说是我令人恐怖，不如说是我每次都受到意外的惊吓。总之，我还是不要接近有女人和小孩儿的地方为妙。

我与挑夫前脚跟后脚地押送行李。一个挑夫被石头绊倒，他飞身而起，手持扁担转过身来，怒目圆瞪绊倒自己的石头，并对其连踹带骂。

走过硝厂塘后，大雨沛然而至。没地方躲避，全身被雨浇透，寒气袭人。来到大木厂，见有一户人家，便进去避雨。家中有两位老人，老大爷为我生了一盆火，老大娘为我烤了一些芋头。同行的友人也随后赶来，围在炉边取暖吃芋头。

午后两点，见雨没有要停的样子，我们便冒雨前行。雨越下越大。在一个叫小水井的地方又吃了芋头饭，填饱肚子后再次顶着雨上路。翻越山岭来到平地。这便是东川平原。夜幕拉开，雨愈发狂暴。挑夫说天要黑了，甩开步伐跑了起来，我也紧随其后一路狂奔。草鞋断了，可是行李在前面，我无法取出新鞋来替换，只好光着脚丫子继续跑。碎石子路，硌得脚生疼。此时，天已漆黑，大雨如注。我打起精神，赤脚走了十里路，在东川府城门口追上行李，这才得以取出新草鞋穿上。随后，我们蹚着路上如河水般奔流的雨水行走，抵达客栈时，全身湿透，像刚从水里爬出来一般。我冷得一个劲儿地哆嗦，衣服和裤子上沾满红土。客栈的房间阴气沉重，气味难闻，蚊虫肆虐，简直无法入眠。此时此刻，就连我这样的人都感到旅行是一件痛苦无比的事情。

东川府城

东川是东川府和会泽县的首府，东川府知府、会泽县知县都住在这里。东川是云南至四川途中的大城市，因铜矿的产地而著名。街上的商店，出售铜制器皿的不在少数。

我们在东川停留两天。我尽可能拜会了当地有权有势的大人物，造访了东川府知府严庆祺、会泽县知县梁豫、进士刘盛堂、英国传教士伊万斯，向他们打听当地的各种情况。

知府严庆祺是苏州人，二十年来巡游他乡，说现在已经忘记苏州话了。年龄四十有三，看上去是一个霸气十足的男子汉。谈论断发易服等种种事情，话未尽兴。请

刘盛堂的对联（东川）

他在折扇上为我作画。送去日本绘画明信片留作纪念，他随后送来了酒、烟以及点心等等。

会泽县知县梁豫是湖南人，四十岁左右，我们前去问候时，他以茶点款待。赠予从上海带来的日本绘画明信片、折扇、团扇等留作纪念，并出示护照，拜托他派人护送我们前往昭通后起身告辞。

我还想参观学校，于是去了爱国小学堂。在那里见到了刘盛堂。刘氏是湖南人，进士。他说曾去日本考察过小学，交谈中还提到乃木大将[1]。据说刘氏来东川时日已久，创设爱国小学堂，致力于地方教育，还在衡州会馆内创建楚黔两等小学堂，一切模仿日本的制度教育子弟。他感叹

1　即乃木希典（1849—1912），日本军事人物，陆军大将。

中国的教育落后，还为学生体弱、怠惰而困惑。爱国小学堂有学生九十余名及教师六名，楚黔两等小学堂有学生百余名，均模仿日本的教学管理制度。难得的是，学校里还有澡堂，每周六让学生洗一次澡。请他为我题字，之后收到一副他亲自泼墨的对联。对联上写着："哈尔滨前伊藤血，金州城外乃木诗。"

东川有英国教会，名福音堂。前往造访，一位二十四五岁的英国青年出来迎接。传教士伊万斯不在，其夫人代他与我们见面，聊了各种话题。我告诉她我们是上海的学生，来这边旅行，要从云南步行去四川。看样子她对我们产生了兴趣，说她丈夫傍晚就会回来，请我们一定再去一趟，要招待我们用晚餐。

下午四点，一行六人受邀出席伊万斯的晚宴。伊万斯也已经归来。他拥有沉着稳重的英国绅士风范。他高兴地迎接我们的到来。中午与他夫人见面的时候，他夫人提到英国领事里特尔曾经来云南旅行的事情，但她说还没有读过领事的旅行记，因此，我把刚好在上海买来做参考的里特尔领事撰写的云南旅行记赠送给她。我还带了一些日本绘画明信片、日本邮票作为伴手礼送给他们。伊万斯夫妇和那个英国青年与我们一行六人共进晚餐。我们一边品尝中西合璧的料理，一边聊上海、谈伦敦，非常愉快。饭后，听夫人唱歌，一曲"Sweet home"勾起大家的思乡之情。一夕尽欢。

伊万斯来东川已经八年，通方言。他夫人说中国话发音很难。有一次,她去田园旅行,想在手上抹点猪油,便对当地人说:"拿猪肉来!"结果她说的"猪肉"被听成了"酒",于是,中国人端来了酒。还有一次,她想要白糖,说:"拿糖来!"结果,"糖"的音被错听成了"汤",于是一碗汤端了上来。据说当地的土话,"糖"和"汤"虽然发音相同,但声调不同。

夫人对苗族进行了各种调查,收集了猓猡的笛子及其他各种物品。找她要了猓猡的照片。

起身离开时,他们送了我一本《马可福音》。

行走高原

八月十九日,上午七点,离开东川前往昭通。东川至昭通,全程三百一十里(即六十日里),我们仍然打算花六天时间用两条腿踏破万岳千山。当日,天气晴朗。东川平原走完后便接连爬坡,时时遭遇陡坡。我有点发烧,像得了疟疾一般难受,可是身处山中,无计可施。在高原的草地上躺了一会儿,然后鼓起勇气继续前行。翻过一座山,沿红石河下行至红石岩,留宿一宿。下榻后,仍感不适。把大家在途中采到的青头菌煮来吃,鲜美可口。这一天,行程六十里。

八月二十日,阴。这天的行程,坡道陡峭,步履艰难。爬呀爬,好不容易爬上山岭,来到高原。这一带,海拔高度八千尺。

万尺高山（云南高原）

在八千尺的高原上行走，心情难以言表。放眼望去，山外有山，山峰如玉，四方相连。成百上千的山峰并列而成的地平线，与白云相拥，为天际抹上一道色彩。在山顶环视周边群山，如同放眼大海的波涛一般，美不胜收，而且色彩比大海的波涛更加绚丽多彩。大海的波涛总是绀碧一色，而连绵的山峰，则是色彩纷呈，妙不可言。远处的山峦是接近蓝色的紫色，在阳光的照射下或赤或黄，岩头和草原增色添彩，或黑或绿，恰如色彩斑斓的玉石并串相连。

据说云南有瘴气，还听说有老虎。可是我们一路走来，却发现云南的山真的很美。云南的路，怎么走，前面都是山。真的是一山连一山。并且这些山如锦绘般美丽。紫峰间白云飘浮，高原上百花斗艳。覆盖群山的青空清朗明净，令人神清气爽。远处的松树林,绿叶浓郁;路端的荞麦地,白花添彩。云霞悬挂其间,不辨哪些是花哪些是霞。云霞那端有猓猡的小舍,原野这边有放牛的牧童,前行路上有低飞的喜鹊。云南的高原,景色壮美。我仰卧在高原的草坪上频频眺望着蓝色的天空,心生一念:在如此美妙的大自然的怀抱中,死也足矣!

在骡马店遇到同胞藤田万吉。说是从四川前往云南的途中。聊了一会儿之后,我们互道一路平安。

这天,在途中喝了很多粥,吃了一肚子梨,在翻越白沟街附近的山岭时出现腹痛,非常难受。之后,忍着腹痛前行十五里,终于到达以扯汛[1],在此投宿。

翻山越岭

八月二十一日,快晴。

从以扯汛出发前往江底。

又是爬陡坡。岭上的茶馆有荞麦粉卖。买来用水揉成面煮着吃。翻过山岭,从丫口塘沿溪流下行三十里。河上架着石桥。越往下,河道越宽,河上出现铁索吊桥。急流撞击山岩,气势磅礴,景色壮观。当日天气暖和,走得我浑身是汗。这是入滇以来首次遇到的和风暖日。

下午四点抵达江底。留宿。

客栈临江,风光无限。打开窗户,月亮已升上对面的山峰。水流声滔滔入耳,在枕边回响。一阵旅愁袭上心头。

---

1 今迤车汛。

岭上茶馆的老太婆
（云南路上）

八月二十二日，快晴。从江底前往桃园[1]。

今天也是秋高气爽。天空不见半点云彩。从江底至大水井爬了三十里的陡坡。途中有美丽的蝴蝶飞舞。昨天翻越山岭往下走的时候，天气转暖，随着气温的升高，路旁的蝴蝶越来越多。之前，在云南高原的一路上，漂亮的草花令人目不暇接，但蝴蝶的身影却难得一见，因此，我只采集了一些草花，而没有考虑采集昆虫标本。但是今天，蝴蝶就这样闯入了我的眼帘，使我产生要采集它们的想法。于是，说干就干，我在江底的客栈里强忍着睡意，把带来的蚊帐撕下一块做了个捕虫网。今天，我是拿着那个网从江底出发的。就这样，在途中，我一边追赶那些珍奇的蝴蝶，一边前行，三十里的坡道竟然没怎么令我痛苦。途中的茶馆在卖石榴。买来一边吃一边爬陡坡。时而止步回头眺望，连绵群山如玉石般重重叠叠，煞是好看。

---

[1] 今桃源。

从大水井走出一段路程，来到这座山的最高处，海拔高度八千尺有余。四周重峦叠嶂的群山，其美无法比拟。说它像画一样美，可是，云南群山的那种色彩美，恐怕连绘画也无法表现出来。这片高原天地，鬼斧神工，没有半点人为打造的痕迹。其自然之美，无论是用森严还是用壮丽来形容，都给人一种神圣之感。

下山的路，坡度渐缓，呈平地之势。有庄稼地，也住着农家。途中的路边有很多水晶。发现散落在路端的石头无论大小都是水晶时，我惊讶无比。顺着那些石头进山一看，整座山都是水晶。大的超过六七寸，小的也有五分左右。散落地上的净是水晶，几乎不见其他石头。见此情形，我惊得目瞪口呆，就地捡了一些回来。

水晶山过来不远，就到桃园了。我们在这里住一晚。

有中国人拿着捡来的水晶涌入客栈。我挑选货色好的，以一文一块儿买下。接二连三有人上门推销，闹得心烦，把他们统统撵走。

抵达昭通

八月二十三日，快晴，从桃园前往昭通。

这天走的路比较平坦。距桃园十里处有一湖，路沿湖畔延伸。我泛舟湖上，沿路边划行。湖面沉睡般平静。船在湖面画着波纹前行。有鹈鹕成群结队地伫立岸边。高山肃静,村落寂静,四周的风光之美,无以言表。两小时后弃船上岸,又迈开步伐一路前行。走三十里后抵达昭通。这一带辽阔无垠,晴空万里,是自昆明以来见到的第一个名副其实的平原。

一到昭通就找寻客栈,可是一无所获。逛街时,很多看热闹的人向我们围拢过来。他们并非过来盘问我们为何而来,只是接二连三地聚集过来盯着我们看。不久,市警察署长赶过来,为我们撵走聚集的群众,帮我们找了家旅店。这家旅店地处西门外,很脏。

八月二十四日,晴,在昭通停留。

上午八点,造访昭通知府陈先沅。陈氏是四川省叙州府筠连县人,他殷勤地接待了我们。

十点,前往县署访知县姚佐清,被告知他去了知府衙门,但没等多时他就回来了。姚氏是江西人,我拜托他帮

八仙海

我们找力夫，他爽快答应了。

下午前往天主堂访法国传教士，但他外出旅行，尚未回来。去福音堂访英国传教士，可是他也不在。经他夫人介绍又去了东门外的一个福音堂，访问同为英国传教士的查尔斯。福音堂建了一座当地罕见的洋馆，宏伟气派，庭院里种着花草。门内有护卫站岗。据说这附近曾发生过暴民刺杀英国传教士的事件，于是派兵把守。

爬石梯来到第二道门，查尔斯前来迎接我们。来到客厅，我们聊了各种话题。听说他来中国已有十三年之久，懂中文并精通中国话。他说昭通一带的中国人不相信外国人，他们缺乏智慧，不信西方医学，只依赖草根树皮。

傍晚，知县送来饭菜，我们欣然接受。这天下午，当地一所中学的几位教师来访，晚上，又有几所中小学的教师来访，相谈甚欢。

第二天，又在昭通停留。

上午八点十五分，知县前来回访。知县说，我们昨天请他帮忙找力夫，而我们从省城雇来的挑夫却到县衙说我们不需要力夫。对这事儿我们全然不知，便解释说我们与之前的力夫事先有约定，我们只雇用他们到昭通为止。因此，我们又再次拜托知县帮忙找别的力夫。

九点，知府前来回访。送我一把他亲笔题字的折扇。

十点，我们受昭通府中学堂的邀请出席了欢迎我们的午餐会。先在校园里与师生们合影留念，之后享用中国料理。酒酣兴发，相吟相歌，一席尽欢。

这天，再访天主堂，法国传教士还没有回来。下午，再次去县衙门，为明天出发道别，同时，确认我们拜托他们指派护送人员及雇用力夫等事情是否万无一失。

街上在出售漂亮的羊毛毯，深红色，染着黄色的花，看起来很舒服。三尺见方的一张要价四角钱。我花一元钱买了三张。

龙　洞

八月二十六日，离开昭通。

从今天起换力夫。让云南省城过来的五个挑夫从昭通返回，从这里开始雇用知县帮忙找来的四个背子[1]。挑夫是用扁担挑行李，而背子是将行李背在背上。昭通至叙州的行程多为陡坡，道路艰险，行李挑着走不如背着走方便。背子一人能背一百斤，我们一共有行李三百六十八斤，分给他们四个人背，定好从昭通至四川省横江，支付每人工钱二两四分白银。

出北门走玉米地，途中遇大雨，雷声轰鸣。在路旁小屋躲雨。烤玉米吃，四文钱一个。

下午三点，抵达闸上。留宿。

距闸上三里处有一龙洞。一到闸上放下行李便前往一游。途中的溪河，水碧流清。山脚低凹处松树茂密，松林中有寺庙，山门上题"蒙泉妙境"。寺庙乃新造建筑，俗不可耐，严重破坏了难得的妙境。经过寺庙来到后方，一

---

[1] 即背夫。

石灰岩空洞进入眼帘，这便是龙洞。从洞的深处，有清水滚滚流出。四边的山头岩间刻着佛像，佛像的前面挂着大钟。走到这里，带路的和尚管我们要钱。

八月二十七日，阴。

上午六点从闸上出发，下午三点抵达五寨。

离开闸上沿溪流缓缓上行。登上山岭时，四方的群山同样宏伟气派，美不胜收。

走二十五里来到五马海，一个有二十户人家的驿站。有馒头卖，一个五文。面一碗十文。

途中遇到一个看起来像法国传教士的、长着胡须的外国人骑马过来，我猜想他就是我两次造访都不得一见的那个天主堂的传教士。

翻过山岭，沿河畔而下。溪间流动的水美丽诱人。下河洗澡，那才叫一个爽。

我沿着河边断崖上的路前行，在这条危险的路上遇到一个带着狗的中国人。看样子他们已经走了不少的路程，人和狗都累得筋疲力尽。狗跛着脚哭丧着脸费劲地走着，中国人在后面鞭打着它的屁股不停地赶着。然而，来到上坡路口时，狗再也无法挪步，那个中国人便用双手将狗抱起，拖着疲惫的双腿爬坡而去。

途中见到大量的蝴蝶，将其中的两三种珍奇蝴蝶采集回来做标本。

走过新五寨，再行五里就到了老五寨。留宿一宿。

客栈糟糕得一塌糊涂。好在前后都是群山连绵，山村的氛围相当不错。前方的山上，有细瀑从高高的山峰落下，看似由三段组成。

白丝瀑布

八月二十八日，天空阴沉。上午六点，离开五寨。

沿河畔下行。晓雾横亘路上，我们在雾中翻岩越崖一路前行。途中，见高出云雾的山峰上有一挂白丝并成的细瀑，潺潺落下。无风，好恬静的景色。

太阳高高升起，云开雾散，我们又开始下坡。溪流的水渐渐增多，它们流着流着就成了大关河。顺着溪流走，发现路的两侧有很多瀑布从山峰垂落。我脱光衣服，去沐浴瀑布之水。

下午三点，抵达大关。大关可以说是滇川大路上的一大关口。大关城有城墙，其上背负高山，其下濒临河水。城里比较热闹。

在街上买了粗壮的罗汉竹，就是细竹子的竹节处鼓出来的那种竹子。十文一根，我买了十二根。

八月二十九日，天色阴暗。离开大关，又沿溪流踏岩脚穿绝壁一路下行。走七十五里来到大湾子，留宿一晚。

八月三十日，同样顺着大关河畔而下。沿路的地势与前日基本相同。不过，两岸的山逐渐增高，山与河的规模有所增大，景色壮大起来。夜泊七里铺[1]。

八月三十一日，阴。

---

1 今吉利铺。

"我被臭虫咬了！"朋友的一声叫喊，令我忙不迭地踢床。

花十文买来两个盐渍咸瓜作早餐的下饭菜。

清晨六点半，从七里铺出发前往豆沙关。夜间降雨，使路况变得很糟。依然顺溪流而下，时时遭遇陡坡。路上铺满石头。山崖上的路，俯临河谷，危险至极，一步踏错，就会从数丈悬崖掉入逆浪翻滚的急流之中。我们留意着脚下，小心翼翼地往前走。那岩间溪谷绽放的牵牛花鲜艳夺目。

豆沙关

距七里铺五十里处，有一断崖，突兀矗立于溪水两侧，形成一大峡谷。路在左侧断崖上通过。我们几乎是手脚并用着往上爬。路的上方有巨岩覆盖。路到尽头有一关门遗迹，那就是古时的豆沙关。上有巍峨耸立的岩峰，下有断崖千尺的溪谷，乃名副其实的一夫当关、万夫莫开的要隘。石造的关门上，苔藓青青，花草茂密，古色苍然，如诗如画。

从豆沙关古迹前行二里，来到豆沙关城区。这里还有公立初等小学堂，具有相当规模。在此留宿。

一到旅店就着手准备晚饭。我值日，上街买菜。细长的豇豆二十来根捆成一把卖一文钱，南瓜一个十文，猪肉一斤一百十四文，面一碗十五文。米饭由旅店提供。滇川大路上的各驿站，住宿带饭的话，房费会贵一些。虽然云南米做出来的饭比较黑，但基本上都有米饭吃。偶尔在没

豆沙关

豆沙关的溪谷

有米的山中客栈留宿，就吃面或其他粮食。菜都是我们自己做。这对我们来说也是一种乐趣。

我们一进旅店，街上的人就跟在后面蜂拥而至，堵在房门口看着我们。人们不断聚集过来。让他们走开却没人理会，顺手操起现成的棍棒驱赶，他们就像蜘蛛仔儿一样四处逃散，但很快又聚拢过来。冲他们一瞪眼，他们又跑开，但马上又过来。那股子毅力，使我们不得不选择逃避，或置之不理，此外别无他法。

九月一日，凌晨六点，从豆沙关上路。街头的路边上有人在卖豪猪刺，十文一根。下陡坡，然后沿小溪上山。朝雾朦胧的四方群山有蝉鸣声传来。右侧山峰上，有一条白丝般的细长瀑布垂悬。

从豆沙关走十二里来到回道溪，这里有一种别具特色的盒饭出售。是将猪肉、豇豆、玉米等食材调好味，盛入一个圆形的木制容器里，上火蒸熟的一种食品。味道非常好，十文钱一笼。

在附近的溪流中，用清澈的水洗了个澡。

老鸦滩

翻过黎山店所在的山岭，又下陡坡到老鸦滩。此时，已是下午五点了。

老鸦滩濒临大关河，是滇川大路上的大驿站。从这里往下游，有小船通行。沿河的路上处处悬崖，马无路可走。

九月二日。清晨,接班的护送人员没来,前往衙役交涉,不久来了两名护卫,启程上路。

昭通的知事衙门派来的护卫因地域管辖的关系在大关军民府交班后返回昭通,大关军民府派出的护卫在老鸦滩交班后返回大关。这里有盐井渡巡检衙门,由他们派遣护卫。我去交涉时,那里的官吏说此处的衙门规模小,一次就派两名护卫有困难。即便这样,那个叙州人,还不失时机地让护卫往他叙州的家里捎东西。

沿大关河下行。在山崖中腹和岩石间攀爬。路上虽然铺满石头,但还是危险至极,越走越窄,只容得下一人通过,不能过马。河上有小船经过,那船,前后各设一把长橹,而侧面仅有一把船桨。因流水湍急,要靠前后支出船外的细长橹把舵。

顺河而下,四周逐渐开阔起来。路端出现橙树林,有儿童脑袋大小的橙子低垂枝头,翠绿欲滴。尚未成熟,但还是买了一个来吃。一个六文钱。

这一带还有竹林。竹子的粗细如孟宗竹,稀罕的是其竹节之间的距离相当长,平均长度三尺左右。河畔木贼草丛生,草节上生出三四根小枝。长有小枝的木贼草比较罕见。

从老鸦滩走四十里就到临江溪了。吃了玉米饭,就是米中加玉米煮的饭。一碗二十五文,物价上涨令我吃惊。

我在狭窄的石梯上往下走时,遇到一个七岁左右的小孩儿往上爬。他一看到我,便耸着身子眯缝着双眼,靠到山崖内侧颤抖着哭泣。我把目光从他身上一挪开,他就止住了哭声。我从他身边走过时瞄了他一眼，结果他又哇地大哭起来。路太窄，他想躲又没法躲，紧贴崖壁一个劲儿地哭。我在心里说：别哭！别哭！我又不是什么怪物。我静静地从他身边走过。说时迟，那时快，孩子见状，便头也不回地逃走了。

大关河宽阔起来，但水流依然湍急。有船只从下游逆急流而来。就是那种牵引船。船的长度约五间左右。船上有两人，一人掌舵，一人站在船头手握长棹，时左时右将其插入水中确定船的航路。船上固定了长长的纤绳，有四个年轻人将其捆在身上拉着船走。拉纤的人，身上一丝不挂，前后左右挥舞着双手，合着号子的节拍拉船。有时候，他们四肢并用，在岩石上匍匐前行。此情此景，乃天下之奇观。

在路边看到一条蛇，颜色青黑，长二尺五寸左右，这是入滇以来见到的第一条蛇。

路旁的岩间崖际，随处可见人头石柱。柱高四尺左右，柱上雕刻人头，柱身正面刻"南无阿弥陀佛"几个字。人头形态各异，不拘一格。

茗 荷

九月三日，天阴。从深基坪[1]前往滩头。

途中，买了当地的土特产橙皮。两个二百文。

行二十里过普洱渡。普洱渡是一个大驿站，有大约

---

[1] 今深溪坪。

二百户人家，还有厘金局以及两等小学堂。

离开河畔爬陡坡。上到坡顶便是平原，有水田。水稻垂着黄澄澄的稻穗儿。步行一段路程之后，我们再次下坡来到河畔。

这天又在途中看到很多南无阿弥陀佛的人头石柱。柱头雕刻的人头有的面相恐怖，有的似女子面容温柔，还有的似和尚光着头。

路旁有一尊石造的地藏菩萨。地藏的脸上，用眼镜形状的红纸遮挡着眼睛，而且身上还挂着草鞋。

途中买了茗荷[1]和黄瓜腌渍的咸菜。茗荷二文钱一碟，黄瓜一文钱一条，还花十文钱买了一大碗饭，我以此为午饭。

顺河而下，过云路桥，来到河对岸一个颇具规模的城镇，这便是滩头。城内设有两等小学堂和邮政局等机构。

我当班做晚饭。两块豆腐十六文，豇豆四文，青椒一文，三个茄子六文，葱四文，共计三十一文，这就是我们六个食欲旺盛的年轻人的菜钱。一人约五文，换算成日本的钱大约是三厘。住宿费含饭钱，一人一百二十文，约相当于日本的六钱八厘。

或许因为滩头是一个码头，风气不好。我们一行，不是被冷眼相待就是被嘲笑。当地人，长相也很猥琐，即便这样，他们遇到卖马糖的年轻姑娘过来，赶紧上前买糖，还嚷嚷着"马糖好吃！""姑娘漂亮！"，一个劲儿地起哄。

九月四日，晴。上午六点离开滩头，下午两点抵达捧印村。

---

[1] 即阳荷，姜科姜属植物。

这天轮到我押送行李。从滩头用船运行李到燕子坡。河水湍急,处处险滩。船夫操作熟练,巧妙地在河滩间穿行。两岸景色秀美,随处可见铠甲般的断崖岩石。滇川大路一直顺着河道延伸。滩头至燕子坡陆路三十里,乘船的话,船费每人三十文。我们雇用的四个背子都放弃负重步行,自掏三十文乘船前往。因此,我也随行李上船。

河的两岸,杂草丛生,秋虫啾鸣。无论走到哪儿,虫鸣声不绝于耳。秋风拂船,令人心生寂寥之感。水路行船三十里,到燕子坡,下船上岸。掏钱付费时,我发现自己身无分文,这才想起离开滩头时把钱忘在旅店的饭桌上了。为时已晚,后悔莫及。同船的M君身上仅有二十四文。船费一人三十,两人就得付六十文。可我俩只有二十四文零钱。身上有银元,想用它支付,可是船夫拒收。没办法,只好向背子借了四十文。

这天,我们在乘船途中离开云南进入四川。燕子坡位于四川省境内。在燕子坡下船后离开河岸爬陡坡。我们在半坡上的茶馆歇息片刻后再踏上旅程。走过很长一段路我才发现把捕虫网遗忘在茶馆了。正准备从费了很大劲才爬上来的坡道原路返回时,后爬上来的M君把网给我拿来了。早晨把钱忘在了旅店,现在又把捕虫网忘在了茶馆。这种情况前所未有。M君说:你该不会是吃了茗荷吧?我告诉他昨天吃了一碟,他说吃了茗荷会健忘的。

听完M君的话,我想起母亲曾津津有味地给我讲过的一个故事:有一个客栈住了一名旅客,贪婪的店家主妇给他吃茗荷。炖的煮的都要放茗荷，其目的就是让他离开时忘记带走自己的东西。第二天，他动身上路。等他离开之后，店家主妇才回过神来：旅客倒是没有忘记什么东西，但忘记付房费了，自己也忘记收房费了。原来主妇为了尝饭菜的味道，喝了一口用茗荷做的汤。当时我就想：吃了茗荷真的会忘事儿吗？

入　川

爬上坡顶，看到一个四川巡防军的兵营。站在那里回望来路，云南的群山连绵至遥远的云际。自云南省城启程的这二十六天里，我们踏破云南连山而来。回首一望，感慨万千。

入川后，沿路的景象为之一变。山上树木成林，山下土地平坦，而且，谷地至山坡都得到充分开垦。既有水田又有旱地，水稻结实饱满，稻穗低垂。地里的玉米秆已明显干枯。田地之间，有很多农舍，小孩儿在玩，鸡在鸣啼。一下子有了走出云南大山的实感。

走在四川的田间小路上，发现路旁的树干上有青虫，长约六分的幼虫，后虫的头挨着前虫的屁股，如念珠般相连，五十一条虫，连起来有一尺五寸长。

听到蝉在哭泣，仔细一看，它的一条腿被一只大螳螂夹着无法挣脱，发出哀鸣。蝉与螳螂拼死搏斗，其间，蝉展翅而起，逃之夭夭。是折断腿逃掉的还是螳螂放开它的，没看明白。

这天我身无分文小钱，M君带了二十四文。就靠那二十四文，我俩要吃午饭，要喝茶，要走七十里（即十二日里）路程。清晨六点离开滩头，直至中午颗粒未进。我们寻思着如何用这二十四文钱填饱肚子。于是，我们先用八文买了四个玉米面做的饼，之后花十五文买了三个同样用玉米面做成的馒头，两人分而食之，然后喝了一文钱的茶，勉强填了一下肚子。虽然还没吃饱，但也无计可施。

下午两点抵达捧印村。留宿。

旅店非常好。明亮，前所未有地好。

九月五日，晴。

早上六点离开捧印村。

今天，身上没带分文小钱。五十里的路，不吃不喝，走了四个小时，十点钟到横江。

在横江将银元换成小钱后便有了零花钱，这才找饭吃。米饭十三文一碗，菜二十四文一盘，汤二十四文一碗，咸菜二文一份，共计六十三文，总算填饱了肚子。

横江是大关河边的大驿站，从这里去叙州有船通航。每日一班，船费一人二百文，据说包一条船要三吊钱，即三千文。这边的河道，相当宽阔，两岸的地势也逐渐倾于平坦，断崖绝壁的风景不复存在。

有船从下游上来，十四五个男子赤身裸体将纤绳斜挂在肩头拉着船。嗯呀嗯呀地喊着号子，挥动着双手，步调一致地拉船的样子叹为观止。有年长的，也有年轻的，肤色各不相同，黝黑肤色的应该是老手。船一到码头，那些个裸男便一齐上船穿上衣服。船头响起爆竹声。

横江的住宿紧靠河边，室内明亮，感觉非常舒适。从云南高原一下来，果然有了临近都市的感觉。

九月六日，阴。

上午十点，乘民船离开横江。

前夜，我们约好以一银元包船，可是早晨到船上一看，不是包船而是散客船。同船的中国人将船占满，我们几乎没有落座的地方。事到如今与之交涉，说他们违约也于事无补，最后以我们也按散客支付费用压下心中怒火。小雨密密地下，寒风瑟瑟地吹。

船由四人操桨，一人站立船尾掌舵。船上只有中部搭着顶棚，前后都无遮挡。乘客大多被挤出棚外在雨中淋着。经过两三个河滩，两岸的形势平凡无奇，低矮的山坡连绵起伏，所到之处都有村落。沿岸有路，越往下游，河畔的平地越开阔，有很多的水田。

下金沙江

从横江前行五十里，在一个名为安边场的地方进入金沙江。金沙江是扬子江的上游。这一带的金沙江宽六十米左右，与一路过来的大关河（即洒鱼河）相比，水量大，水势急，浑浊的褐色河水滔滔奔流。

金沙江发源于昆仑山，合诸水，下云南，再北流进入四川。在四川省叙州与自北而来的岷江汇合，江水逐渐增大成为长江，东流进入三峡。这便是长江，又称大江，也就是扬子江。在云南叫金沙江，在四川称长江，在下游名曰扬子江，更被统称为大江。

古代的中国人，根据沿江的人文发达情况认定四川省的岷江是扬子江的本源，然而其后的西方人，依据科考探险，认为从自然地理学来看，金沙江才是扬子江的本源，所以，今天都以金沙江为扬子江本源。水利之便的确在岷江，但地理学认为，应该把金沙江定为扬子江的本源。

扬子江[1]

金沙江是扬子江的最上游。我人在船上顺金沙江漂流，思绪却围着扬子江盘旋。

扬子江发源于海拔二万数千尺的昆仑山，东流注入太平洋。扬子江全长三千余哩，其上游，从海拔一万七千余尺的羌塘高原落到海拔一千余尺的四川，每哩的坡度为八尺至一丈三尺，形成急流；其下游，横贯无边无际的大平原，据说其宽度高达七八哩。扬子江就是这样一条巨大的河流。据说，其流域是日本本州岛的八倍，其水流可将整个日本淹没。其水量增减之差，在中游就高达五丈六尺。大轮船可以通达上游一千哩的地方。干支流合计，约有三千二十七哩的水路通小型蒸汽船，七千六百六十哩的水路通民船。真不愧为大名鼎鼎的扬子江。

---

[1] 日本人习惯把长江称为扬子江。

就是这样一条大河,其发源地尚未彻底查明。依据1870—1873年和1879—1880年俄国探险家普尔热瓦尔斯基前后两次的踏查,以及1881—1884年一个印度人受印度政厅测量部派遣,从拉萨经羌塘高原到四川打箭炉进行的探险,大体上判明,扬子江上源发源于西藏高原的唐古拉山脉西侧,东经九十度的地方。由此得知,扬子江从东经九十度的发源地至东经一百二十二度的江口,经度跨度约三十二度。从昆仑山南水源的北纬三十五度至金沙江与雅砻江汇合处偏南的地方,即云南、四川两省交界处的北纬二十六度附近,纬度跨度约有十度。据称,其干流和支流的流域,横亘西藏及其他七个省份,总计约为七十二万平方哩,占到中国内地十八省总面积的一半。

昆仑山高峰上的万古积雪融化后,以每哩八尺至一丈三尺的坡度,从羌塘高原流入四川的平原。其源头自不必说,就连金沙江下游的云南至四川省叙州之间的大部分地域也尚处于人迹未踏的状态。虽然民船从叙州溯金沙江而上可通屏山,但再往上行,至四川会理南端与云南省交界处,水急滩险,完全不通船。断崖绝壁,夹江而立,乃天下之绝境奇观,但估计,到此一游的旅行者屈指可数。

这条了不得的扬子江,如果把它看作诗,它就是一部伟大的诗篇;如果把它看成财富,它又是一个取之不竭的富源。其上游,海拔二万数千尺的昆仑高峰,耕牛劳作,西藏人划着皮船逆激流而行。其中游,有映照着峨眉山月,如梦幻般静静流淌的岷江之水;有三千尺断崖突出水面,猿啼声声,千里江陵一日还的巴东三峡;还有那一碧万顷,长江之水天际流的壮丽景观。在下游,则是半江降雨半江晴,江北不知江南春的景象。的确,长江,把它看作诗,它就是大自然的宏伟诗篇。

李白以诗句"峨眉山月半轮秋,影入平羌江水流"歌颂平羌江,白居易以"蜀江水碧蜀山青"赞美岷江;杜甫低吟"江间波浪兼天涌,塞上风云接地阴",李白高歌"两岸猿声啼不住,轻舟已过万重山"以抒发对三峡的情感。就这样,长江为我们留下了无数的著名诗篇。

去成都锦官城外,访丞相祠堂,寻孔明遗事;去夔州白帝城,瞻仰先主遗迹,看着流动的江水,缅怀君臣的鱼水深情;去赤壁,访三国兴亡的遗迹,回味江东楚汉争雄之梦。望着滚滚长江东逝水,谁不叹息人类的兴旺盛衰就是一场春夜的浅梦。我闭目冥思,仿佛以长江为舞台展现的二千年兴亡史形成一幅巨大的画卷向我逼来。长江真的是大自然的鸿篇巨制,同时又是一篇血迹斑斑的人类世界的纠葛史。

我现在正坐在民船上顺金沙江而下。这里几乎就是长江上船只可以达到的最上游位置。我突然感到,人的身体如同长江之水,会自然而然地流逝。而且还感到,两千年的兴亡史也并非只是他人的事情。

抵达叙州

安边场之前的金沙江,江宽约五十米左右,在安边场与洒鱼河合流之后水量增加，江面逐渐加宽，江幅达到一百米左右。江水浑浊，浓黄色中带有红色。两岸的山次第降低，山上有塔。平原的气氛越发浓郁。

从安边场下行不久遇到河滩。江中巨岩突起，江水扑打其上形成旋涡。

上午十点抵达叙州。在南门外上岸。船费我们六人一共支付五角。五角大约六百文，每人一百文。中国人看似每人只支付了七十文或八十文。在城内的东街，投宿一家名为一品栈的旅馆。

叙州城，市街规整，商业殷盛，非云南省城可比，有大都会的模样。

我从前一天开始腿脚肿痛，到叙州后疼痛加剧，行走困难，不得已在旅馆休息。一行诸君前往知县处访问，但对方称知县有病在身，不能接待。同伴说我们明日再去拜访，可得到的回答是明天有事也无法接见。同伴一行，愤然而归。

第二天，继续在叙州停留。脚疼依然，终日休息。

九月八日上午，我因脚痛休息，其他人再次造访知县，还是说有事不能接见。不得已，与下级官吏会面，免去寒暄，直接拜托他们为旅行提供方便及帮助。知县听完官吏的汇报，就气焰嚣张地说：那种事情，条约上既无规定，又无先例。其他地方出手帮忙，反倒是违反了条约。在我们这里，那种事情是断然不可行的。从云南来到四川，从这些地方也看到了两地的风气存在着的巨大差异。

从自流井前往嘉定

凌云山（嘉定）

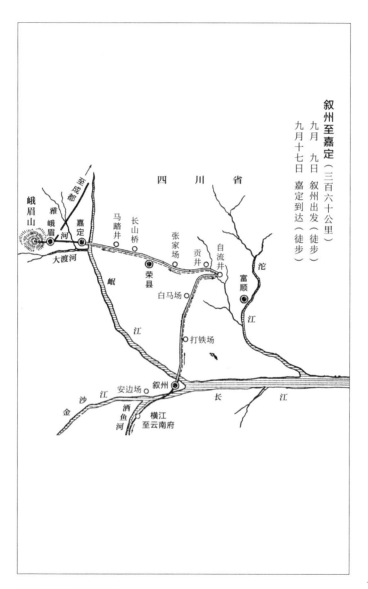

踏查图（3）叙州至嘉定

离开叙州

本次旅行的目的是踏查云南,预定从云南出四川,然后从叙州坐船下长江,返回上海。然而,既然来到叙州,就没有道理不去四川省首府,而且,既然要去四川,那不去峨眉就很没意义,因此,经讨论,我们决定从叙州北上成都。

从叙州去成都先要经过嘉定。叙州到嘉定的路有大小两条,大路沿岷江步行五天到嘉定,小路经贡井要走七天。虽然小路比大路用时多两天,但途中要经过的贡井与自流井相距不远。自流井是四川有名的井盐产地,我们决定取小路,顺道去自流井参观一下。

九月九日,晴。

终于要离开叙州,启程前往自流井了。

上午九点,离开旅馆,出叙州北门,渡过岷江,在田间小路上前行。日照强烈,天气酷热。腿脚依然疼痛,每挪一步都很艰难。事已至此,别无他法,只能与疼痛做斗争,丝毫没有产生以轿代步的念头。我先用绳子把膝盖以下的部分紧紧地绑起来麻痹神经,如此一来,小腿以下失去知觉,搞不清楚是疼还是不疼。我用大腿拖着棍棒一般不能弯曲的腿脚前行。我硬撑着往前挪步,不知不觉间,疼痛感完全消失,总算可以正常走路了。

我认为自己是运气比较好的家伙。在叙州停留的两天时间里，无论想什么办法都迈不开腿的我，临到出发这天，居然能走动了。硬撑一下就可以挺过来，这次旅行的开初也是这样。从香港前往海防的途中，我在船上发起烧来，到海防时，高烧达四十一度。所幸，投宿到同胞安田的家中，受到无微不至的看护，还接受了法国军医的诊断治疗，第三天就可以重新上路继续旅行了。到云南省城后，又在停留期间发烧，但在出发当天，病情好转。那之后的我，在踏破云南山岳期间元气满满，但一到叙州腿脚又肿了起来。然而，就在离开叙州，踏上旅途的当天，一切都像不曾发生似的，我的腿脚恢复正常了。就这样，我得以平安无事地继续旅行。不生病是最好不过的事情，但就算我生病了，我的这种病法，结果都还不错。

四川的景物

途中见到一穴居遗址。当地人称之为蛮洞。沿山坡并排着大小五个洞穴，高六尺，宽四尺，呈圆筒形，进深六尺左右，周围以灰泥加固。洞穴深处是高出地面一截的寝台，洞壁两侧有小孔，留有棍棒穿过的痕迹。周围杂草茫茫，有很多历史不长的松树。听当地人说，这种洞穴，在这一带，大量存在。

走在田间的小路上，听到微弱的蛙鸣声从田间传来。蓦然转身，发现有一只青蛙被蛇咬住了，其腰部以下部分已经落入蛇口。青蛙一边哀鸣,一边在空中乱蹬着前腿。蛇想一口吞掉青蛙,但青蛙拼命地将自己的肚子鼓起来,使蛇无法轻易得逞。青蛙的肚子鼓得很大,有蛇头的四倍大小。然而,眼看着青蛙渐渐失去了力气,我不禁大叫起来:救救它!说时迟,那时快,站在我身旁观看的M君应声捡起石头向蛇投去。蛇放开咬着的青蛙。青蛙赶紧跳着逃走了。蛇钻入田间泥水中不见了踪影。

这一带,把可以耕种的地方都耕种了,把可以植树的地方都植上树了,几乎不剩半寸闲置土地。路,无论哪里,都铺着三尺宽的石板。坡道都修成规整的石阶。小山也好,丘陵也罢,从山麓到山顶,耕地皆成梯级状。山麓作水田,山坡作旱地。田地呈弧形,下方的宽,越往上走越窄,一直到山顶。田坎地头,整齐地种着松树等树木。弧形的耕地与田坎上的树木将山坡规整地划分为一块一块的,非常漂亮。在这一方面,四川与相邻的云南省,走的不是同一个路子。

九月十日,晴。

从叙州跟过来两名护卫,他们是叙州知县派遣的。他俩一个年龄很大,一个比较年轻。这天出发的时候,M君让年轻的为我们拿相机,可年老的那位横加干涉,让他不要帮我们拿。M君生气地说我们不要你了,你走吧,将他赶了回去。年轻的护卫从后面追上来,让我们把相机给他拿。年老的已经不知躲到哪里去了。

这天我管行李的运送,一直跟在行李后面走。挑着行李的挑夫吃苦耐劳，腿脚又快，跟在他们后面，并不是一件轻松的事情。这也是与云南挑夫不同的地方。在云南省城雇的挑夫游手好闲，蛮不讲理；在昭通雇的背子老实巴交，淳朴无邪；从叙州过来的这些挑夫，任劳任怨，通晓事理，细致周全。

这一天，我追着挑夫走了八十里，累得够呛。下午四点抵达兴隆场，夜宿。

这天夜里，酷热难耐，蚊虫叮咬，一夜难以入眠。气温32℃。

自流井

九月十一日，晴。

这天的行程有九十三里。为了赶路，匆匆起床，饿着肚子踏上旅途。

这一带，已经没有像样的山了，丘陵变得低矮平缓，四川盆地的平原渐渐展开。

前行二十里，到漆树场。在这里吃了早饭。米饭十文一碗，梨子二十八文一个。在云南一个只要二文的梨子，在这里竟要二十八文，两相比较，瞠目结舌。行三十里，到双石铺，路在这里一分为二，一条去贡井，一条去自流井。我们踏上去自流井的路。

距双石铺十五里的地方可以望见遥远的前方有一座高塔。放眼左方，盐井的天车密集如林，蔚为壮观。我忘记腿脚的疲乏，一心赶路。途中，我们向右拐弯，前行二十里后来到自流井，只见四周，天车如林。这里是丘陵地带，有一条河在丘陵上蜿蜒流淌。城区沿河而建，以丘陵为中心向四方扩展。河上有民船往来。天车在空中发出嘎啦嘎啦的响声，场面恢宏。

自流井约有人口二十万，是四川省中屈指可数的大城市。该地产盐，是名副其实的盐都。我们一到自流井就寻找住的地方，但还是没有找到。正在我们焦头烂额之际，很偶然地遇到了一个同胞。他自称长野县人，名叫春日护，在当地经营一家药铺。这是昆明出发以来遇到的第二位同胞。大约有五十来天，我们一直在没有日本人的地方行走。在春日氏的斡旋下，我们住进了兴隆街上一家名为复昌栈的旅店。

那晚，受春日氏招待，吃了牛肉火锅。老酒的味道也

自流井的盐井
（四川省）

特别合口。很久没有跟同胞一起吃肉了，有一种回到日本的感觉。春日氏今年四月在自流井开了药铺，由于当地富豪众多，对日本人非常友好，因此他在考虑以那些人为对象做点什么大买卖。自流井有很多毕业于日本的中国留学生，据他说目前就认识三十多位。这里有外国人，福音堂有四个英国人，天主堂有一个法国人。

自流井非常地热。据说已比先前凉快了许多，但夜间，室内气温还是有31℃。

本来预定在自流井住一晚，第二天前往嘉定，结果意外发现自流井不仅是一个大都会，而且盐井壮观，再加上遇到同胞春日氏，因此决定停留两天。这样一来，我们参观了盐井和瓦斯井，还与从日本归来的中国留学生见面欢谈。

盐　井

盐井，城内到处都有。听说仅自流井就有大约一千口，加上贡井及其附近的井，至少有三四千。为了从那些井中把盐卤采汲上来，每口井上都搭起高高的天车。天车就是一个采卤装置，由若干圆木连接起来的长木柱搭建而成。拔地而起的三根长木柱顶端被捆绑在一起，恰似一个极长的三脚柱造型。天车高约一百五十尺，其顶端安装一个滑轮，通过滑轮将竹筒放入井中采汲卤水。井深二千五六百尺至三千尺不等，井口是一个直径五寸左右的洞孔，采卤的竹筒从那里放入井中。井口至井下二三百尺

天车（自流井）

的地方镶嵌木筒，再往下的部分就保留挖井时的自然状态。起初，挖井的时候，先推测哪个地方会出卤水，然后采用打水井的方法，以铁棒往下冲击，一点一点挖掘。碰到井下岩石，便将岩石击碎后继续往下挖。就这样，一些井挖到地下二千尺，还有的挖到了地下三千尺。据说挖掘一口井要花费莫大的钱财。可以说是倾其家产来挖井。如果找准了位置，今后又可发家致富，但如果没有找准地下盐脉，再怎么挖，井里也没有卤水出来，那就只能血本无归。据说，因此破产的不在少数。盐井就是这样挖出来的。井口是一个直径五寸左右的小洞，井上竖着三根木柱，柱子上系着一个滑轮，转动滑轮将卤水采汲上来。盐井看似普通，但就是这个东西，却交织着无数的悲剧和喜剧。这样的盐井数以千计，高达一百五十尺的天车密集如林。每架天车上的滑轮在轰隆隆地转个不停。

井深约二千五百尺，其上矗立的天车高约一百五十尺，天车上方吊着一个用竹绳系着的长约一百五十尺的竹筒。采卤时，将竹筒垂直放入井下二千五百尺。然后转动滑轮，将竹筒提上来。把竹筒一口气放入二千五百尺的井下时，滑轮轰隆隆地发出响声。有时候，数十个数百个滑轮一齐转动，其声音响彻天空。真的是那种气势恢宏、繁荣昌盛的声音。

采卤的竹筒，是用四川产的一种粗壮且竹节很长的竹子做成的。将竹节打通，然后将若干竹筒连成五十尺乃至一百五十尺的长竹筒。竹筒的长度要与天车的高度相同。竹筒的上端用竹绳系牢，把竹绳的另一头穿进天车上的滑轮，然后将其斜拉到天车外面，紧紧地绕在起重车上。

采　卤

起重车是一个直径一间左右的木制轮盘，轮盘以一根插入地下的粗木柱为心轴，在水牛的牵引下旋转。牵引起重车的水牛四至六头不等，依起重车的大小而定。大多为四头。把水牛系在车的周围，一头牛的后面跟着一个人，用鞭子赶牛拉车。一口盐井要配备十几头牛,一批牛提起一筒卤水就换另一批牛继续工作。

通常情况下,一台起重车负责一口井的采卤,但也有一台车负责两口井的情况。一车一井的场合,一旦将竹筒提到最高位置,便放开水牛,使轮盘处于自然转动的状态。等竹筒中的卤水全部流入卤水管后,把竹筒对着井口,放开车的制动,竹筒便因自身重量,自然下落至井中。起重车逆转,绕在轮盘上的竹绳经天车上的滑轮往井中不停地下滑。速度不断加快。用宽竹片制动,调节速度。当竹筒下到井下二千五百尺的时候,负责的人就根据竹绳上的记号,在恰当的位置停止轮盘转动。这时,竹筒已进入井下蓄水层,竹筒下方的阀门在水的压力下自然打开,卤水便装满竹筒。这次又把另一批水牛系在起重车上把盛满卤水的竹筒拉上来。

二井一车的场合,将穿过两架天车滑轮拉出来的竹绳系在一架起重车上。转动起重车时,一口井的竹筒往上升,与之同时,另一口井的竹筒则往下降。上升的竹筒到最高位置后,让起重车逆转,竹筒又往井中下降,

采卤(自流井)

而另一口井里的竹筒则开始上升。这是在同一时间里使两口井的竹筒一升一降的做法。这种方法利用了竹筒依自然的重量而下降的力，因此，相应地节约了牵引起重车的力量，相应地，水牛也可以节省力气。但是，这样一来，竹筒下降的速度与上升的速度趋于相同，因此，较之于任竹筒自然下降，一口气进入井底，这样的方式比较费时。也就是说，在时间上并不经济。自然而然，一天的提取次数，二井一车的相对较少。不过，卤水的产量因井而不同，产量少的井，提上来一次卤水，如果按一车一井的做法，任竹筒自然快速下到井底的话，就有可能遇到卤水还没有充分积聚的情况。这样的井一般采用二井一车的做法，不仅可以减缓竹筒下降的速度，还可以节省水牛的力气，比较经济。然而实际上，二井一车制的较少，一井一车的多。

竹筒装满卤水被提升到最高位时，其上端抵着天车，下端刚好在井口上面一点儿的位置。把竹筒下端拉到旁边，用钥匙形状的铁制开阀器打开竹筒底部的阀门，卤水哗地一下流出来。用樽形卤水槽接卤水，进行过滤，然后通过竹制的卤水管道，将卤水送往制盐所。制盐所并不一定设在有盐井的地方，有时可能在相隔比较远的地方。制盐所会接收若干口井汲取的卤水，利用地下喷出的天然气熬盐。从盐井到制盐所的输送管道，是将竹节打通后巧妙地连接起来的竹管，它们要么被弯弯曲曲地埋在地下，要么趴在地面，逶迤蜿蜒通向制盐所。

瓦斯井

自古以来，四川被称为天府之国，占据此地，则天下无敌。原因有二，一是其四周有险隘把控，可抵御外来入侵。其二是，当地产米产盐，能自给自足。尤其是产出的盐，不仅供省内之需，多余部分还惠及省外。四川之富源，不得不说，盐占据着首要地位。盐产地有自流井、贡井等多个地方，盐都则在自流井。毫不夸张地说，自流井是四川富源之中心，四川富豪中的重量级人物都聚集在这里。我们在春日护的斡旋下，访问了一位王姓富豪在自流井的家，进而参观了王家开办的学校、经营的盐井等。据说，王氏是四川屈指可数的富豪，拥有数百口盐井，其井盐销路通达遥远的湖北省。王氏非常喜欢日本，他有五六个亲戚在东京留学，加上请的佣人，十好几口人在东京安家。

自流井郊外十五里处，有一个山清水秀的地方，四周城墙环绕，依山傍水，前方田圃相连。城墙内松树成林，松林间坐落着数十栋房屋。白垩黑瓦，在阳光照耀下，白色非常醒目。这就是王家宅邸。一侧是住宅，另一侧是学校。在春日君的带领下参观了学校。

学校是王家私人创办的，设有初等小学堂和高等小学堂，还有女子学堂、中学堂。学生以王家一族为主，听说也招募普通人家的子女，还为外来的学生修建了宿舍。学校的先生大多在日本留过学。听说曾经招聘过三名日本教习，他们去年二月回国去了。学校使用的标本、教具、运动器械等都是日本制造的。学校的组织机构也照搬日本的制度，还订阅了《东京朝日新闻》等报刊。

王氏从日本藏前的高等工业学校机械专业毕业后，在越后的石油会社实习了三个月。我听他用流畅的日语对越后的石油井和自流井的盐井进行了比较。从中国人口中听到有关日本石油的话题，有一种奇妙的感觉。同王氏一起，在同样有日本留学经历的杨君那里受招待吃了午饭，之后去王家经营的盐井参观。

王家经营的盐井总数过百，其中最大的是三生井。

九月十三日，去三生井参观。王家的儿子王余先为我们做了介绍。王余先年方十七，十三岁时游学东京，就学于成城学院，据说刚毕业回来。说是还要去日本，进长崎高等商业学校[1]学习。他是一个任性的纨绔子弟，生活奢华，在交际场上左右逢源。他口中镶着金牙，被当地人取绰号"金牙"，在自流井大名鼎鼎。

三生井，天车高十七丈，起重车有六头水牛在拉。听说此外还有一百二十五头轮班的水牛。

之后还去了同心井参观天然气井。自流井产盐的同时，其周边各处还产天然气。井盐就是利用这里的天然气熬制的。从一个个小孔将燃气放出来，点上火，在火上放置一口直径三尺左右的平底铁锅，用它来熬盐。卤水熬干便得到白盐。卤水从各地通过竹管输送过来。同心井有熬盐的房子，燃气从近百个洞口喷出来，各个火口上放着铁锅，

---

1 相当于我国的职业高中。

熬着卤水。燃气从一寸大小的洞口喷出来,燃烧的火焰高达二尺左右。那样的房屋有好几栋。熬卤水产生的白色水汽在屋内蒙蒙升腾,景象壮观。

在同心井,王余先代表王家招待我们吃了午餐,请我们喝了四川名特产大曲酒。王君还唱了东京的流行歌曲,表演精彩。

贡　井

九月十四日,从自流井动身,前往张家场。当天行程七十里。

从自流井到贡井十七里。途中看见无数的竹制卤水输送管道,十余根或数十根相并在一起,成群结队地,或潜入地下,或露出地面,或翻山越冈,蜿蜒逶迤,从贡井通

输送卤水的竹管
（贡井）

向自流井。贡井附近大量出产卤水，但不产天然气。因此，就这样通过竹管将贡井的卤水输送到自流井，利用自流井的天然气熬盐。贡井附近盐井数量巨大，天车林立，蔚为大观。贡井至自流井十七里，相当于日本的三日里，这么长的距离，用成百上千根竹管来输送卤水，其壮观景象叹为观止。

前往嘉定

九月十五日，阴。

离开张家场，前往长山桥，行程一百里。

从张家场步行十里，到梧桐。左方有岩山突兀耸立，岩山顶部建有城墙，墙内有房屋数幢，当地人称之为寨子。据说战乱时期，或乱贼来袭时，当地人就会来这里避难。

途中经过荣县。在县城跟前，左边有个大佛岩，岩石上刻着大佛，大佛的正下方建有一座寺院。寺院的屋脊，从岩石下方逐次向上重叠。大佛的那张大脸从最上层的屋脊上方露出来。大佛岩上也有城墙，看样子，也是个寨子。

荣县县城一侧，有清澈的河水流动。人们用那潺潺流动的河水洗布。河滩上晒着各色各样的染织品。水清，能出好的染织品。K君说，或许还出大量的美人儿。

有个法国人模样的洋人骑着马与我们走在同一条路上。我们时而超过他，时而被他落在后面。在铁马场，遇到一个从峨眉山过来的法国人。听说我们也要去峨眉山，他便颤抖着身子说峨眉山非常冷。

途经老金台,天色已近黄昏。随之而来的山路,要摸黑前行。走得筋疲力尽,可路途依然遥远。切身体验了一把日暮途遥的感觉。雪上加霜,可能是午饭不对劲,我的肚子疼起来。我忍着疼痛在黑暗中赶路。万籁俱寂,鸦雀无声。寒气逼人,更添无限旅愁。

九点左右,终于来到长山桥。入夜,腹痛加剧,上吐下泻,一夜苦闷。

九月十六日,雨。早上一睁眼,见天上下着雨。腹痛感消失。

没吃早饭就上路了,去马踏井。因昨晚以来颗粒未进,今天感到身体像棉花一样软弱无力。即便这样,还是没有食欲。喝了点粥,以恢复体力,终于走到马踏井。

渡岷江

九月十七日,晴。

早晨离开马踏井,傍晚抵达嘉定。

途中,见到一座丘陵。丘陵上松树成林,葱郁繁茂。

今天路过的一个村里有很多矮个子,都是成年人,但身高不足三尺。看着他们迈着碎步四处走动的情形,仿佛来到了小人国,有异国情调,感觉非常奇妙。

经过大石桥走出一里地,到岷江岸边。河道宽阔,河水洋洋,在夕阳映照下泛起银色的光。河对岸是嘉定城区。

城边丘陵起伏，城后树木成林，佛塔楼阁耸立其间。城市与森林，以及与之相邻的连绵群山，晚霞笼罩，美如画卷。

坐渡船过江。

船借助一根竹绳沿着江岸上行一段路程，之后离开竹绳进入江中，然后依靠水流和划船的力量斜着横渡江水。船到江中心时，我朝下游方向望去，只见左侧，凌云山、乌有山沿江相连，断崖绝壁面水高耸，山上树木苍翠葱茏，亭台楼阁隐现林间，白色高塔相邻而立。江的右侧，大渡河、雅河之水注入岷江。合流处，江水洋洋，水面宽阔。遥远的云霞之间，峨眉连峰清晰可见。江山之壮美，非语言所能形容。

过江后，在嘉定外城的凌云门前上岸。过河船名为"义渡"，是公设的，不收过河费，但船夫认为我们是游客，属例外，一个劲儿地找我们要钱。纠缠得心烦，我们三人给了他六文钱。

从凌云门进外城，再从迎春门进内城，投宿一家名为三盛栈的旅店。

凌云山

九月十八日，阴。

在嘉定停留，游凌云山。

出凌云门后，又坐船横渡岷江去爬凌云山。过江后立即进入右侧的

84

四川素描

山门沿石梯而上。走出不远,路一分为二,一条面江而行,一条顺后山而上。我们沿面江的路绕山腹往上爬。石梯陈旧,长满青苔,石面湿漉漉的。石级间开放着类似紫花地丁的美丽花朵。不停地往上爬,右侧眼界大开,江山大观尽收眼底。左侧,悬崖岩面雕刻着佛像和文字,其中还有"苏东坡载酒游处"字样。佛像为唐代之作。爬到尽头,有一座寺庙。这便是凌云寺。

进入凌云寺山门,门上有对联:"九顶云霞披雾出,三峨风雨渡江来。"进入第一门,再左转进入第二门。

寺庙,题为"凌云古刹",相传建于唐代,但如今几乎没有特别值得一提的地方。庭院内并排放着花盆,种着花草。寺内和尚带我们到客房,以茶相待。

大佛头(嘉定)

离开寺庙走出第二门，左边有石梯，又拾级而上。右下方的悬崖上，有一摩崖大佛像面江而坐，这就是范成大所谓的"极天下佛像之大"的嘉定大佛[1]。范成大在《吴船录》中说："唐开元中，浮屠海通，始凿山为弥勒佛像以镇之。高三百六十尺，顶围十丈，目广二丈，为楼十三层，自头面以及其足，极天下佛像之大。两耳犹以木为之。佛足去江数步。"据此可知，修建当时，曾建有十三层楼阁覆盖，但如今，楼阁没留下任何痕迹，佛像从头到脚，都任由苔藓覆被、树木生长。

沿大佛头上的路走过去有一个小草坝，其上建有一亭，亭子面对着大佛的脸。

据我目测，这座大佛的脸，长约三间，宽约一间半，面相柔和。眉毛、鼻子下面以及嘴的四周都长着苔藓和草，形成自然的眉毛和胡须。这座大佛，下自岷江佛头滩的水边，上至凌云山的山顶附近，凿天然崖面而成。看样子，其高度真的不下三百尺，但胸部以下被草木覆盖不得而见。爬上大佛的头顶，看见其头上浮雕着一行一行的旋涡状螺发。

苏东坡读书楼

离开大佛往左转，又登石梯，山顶有苏东坡的读书楼。东坡楼位于正面，俯岷江，与峨眉相对。登楼望远，江山不凡，三峨之风过江而来。东坡的诗句"颇愿身为汉嘉守，载酒时作凌云游"令我感同身受。

---

[1] 应即为今日所称的乐山大佛。

嘉定万景楼之大观（眺望凌云山、岷江及大渡河）

东坡楼里的一个和尚拿来东坡的拓本，我从中选出几种准备买下。要价太高。我舀了一点随身带去的酒给他，他欣然喝下。趁他心情好的时候，我提出拿一张明信片换一张拓本，他高兴地做了交换。

从东坡楼出来，再到凌云寺，去看开山鼻祖某和尚的木乃伊。从凌云寺的后门出来直接向左拐，步行三町[1]左右来到一座塔前。木乃伊在塔前的庵内。中央有喇嘛塔形状的佛龛，龛中有开祖的肉身像。佛龛前方有一直径一尺五寸的洞口，从洞口往里看，涂了金粉的开祖肉身坐像头部稍微有些前倾。我伸手进去碰了一下，的确是肉身的木乃伊。面目柔和。庵后有龙泉，小山上有一塔，石造，十级，可以登顶。塔周围，杂草丛生，苔藓覆被，树木繁茂。

1　町：日本的长度单位，1町约合109米。

登塔远眺，江山大观，凌云第一。近处，群山连绵。脚下，岷江流动。远方，嘉定城隔江相对，大渡河、雅河自西北而来在城南注入岷江。更远的他方，大峨、中峨、小峨"峨眉三峰"巍然屹立。用一句老掉牙的话来形容：江山大观，莫过于此。

从凌云寺的背后去佛塔的途中，见悬崖上有一洞窟。宽约三间，高约二间，进深同样有二间左右。入口处高高地堆积着泥土和石块，其上杂草丛生。洞内有数块石碑，或立或倒，或嵌入壁间。其中的易碑在中国的石碑中算得上是珍品，因此，我想把它拓下来。我再次回到凌云寺，请和尚为我拓碑文。和尚爽快答应，他带着纸墨和三种刷子来到那个洞窟。

和尚先用水把纸粘在石碑上，然后用一把刷子刷纸，再用另一把刷子敲打纸面，使纸与文字阴刻部分密合。待水稍干，他用一个圆形的布包蘸上墨汁敲打纸面。墨汁浸入纸中，阴刻的凹陷部分保留白色。据说敲打完后要等水干透了才能将纸揭下。我急于赶路，让他抓紧时间，于是，他找来枯草，烧火将水烤干。拓本总算做出来了。作为谢礼，我给他两角钱，结果他还嫌不够。我说没有钱，用两张明信片跟他换，他高兴地接受了。

我们在凌云山玩儿了整整一天，傍晚回到旅舍。

第二天，又在嘉定停留。

游万景楼。此楼坐落在城北丘陵之上，是这一带最高的地方。近眺凌云，远望峨眉，风景这边独好。

四川的银元
清朝前期，四川省西部打箭炉以西至巴塘一带通用的货币。是清政府为驱逐刻着英国国王肖像的印度银币而铸造的。正面是清光绪皇帝侧面头像。面值一元。

尼泊尔国的铜元
尼泊尔即使在清朝末年，也是每三年向清朝朝贡一次。光绪三十四年(1908)经成都去北京，宣统元年(1909)再次经成都回国。这个硬币就是他们当时遗留在成都的。铜钱。十文。

西藏的银元
这个银元虽然很薄，但雕刻颇为粗糙。是清朝前期四川西部地方的通用货币。面值十钱。需要零钱时，可以派上用场。

丞相祠堂的印
这是成都丞相祠堂即武侯祠的印章。武侯祠祭祀着诸葛孔明。

登峨眉山

峨眉山顶（四川省）

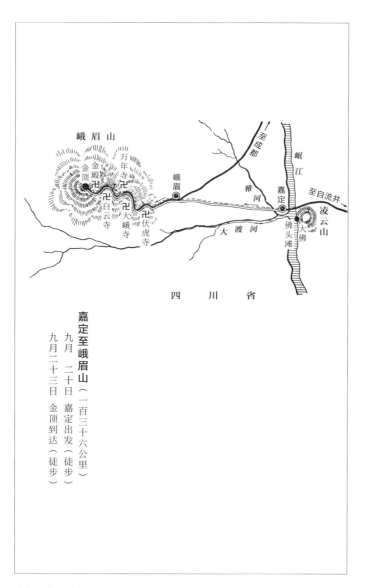

踏查图（4）嘉定至峨眉山

四川盆地

从炎热的国度法属东京途经凉爽如晚秋的云南,一直北上进入四川后,感到天气炎热,还以为夏季再次来临。这是因为从云南高原下到四川盆地的缘故。云南省城昆明,海拔高度六千四百尺,夏季不热冬季不冷,被称作春城。自昆明北上,连绵群山如波涛般向东西延伸。翻过海拔七千至九千尺不等的群山相连的高原地带进入四川,大平原沿长江之水展开,气候温暖,土地丰沃,形成所谓的天府之国。四川平原,平均海拔约千尺,南有云南高原的群山壁立,东有三峡天险守护,北有剑阁关把门,西有大雪山连峰头顶万古之雪,其深处就是西藏秘境。就在这个四川大平原,即李希霍芬[1]所谓的四川盆地的正中央,突兀耸立的便是峨眉山。

峨眉山月半轮秋

> 峨眉山月半轮秋,影入平羌江水流。
> 夜发清溪向三峡,思君不见下渝州。

这是李白著名的诗。从四川省城成都坐民船下岷江,第二天抵达嘉定。平羌江又称平羌水,还称青衣水,发源于大雪山系,流经清溪,再经峨眉山南部为大渡河,东流

---

[1] 李希霍芬(1833—1905),德国地理学家。

金顶（峨眉山）

至嘉定汇入岷江。《水经注》载："青衣水径平乡，谓之平乡江。东径峨眉山，又东流注于大江。"据说羌人入侵时，诸葛孔明在这里平定羌人，故称之为平羌江。岷江与发源于峨眉山系的诸水合流，南流至叙州后与金沙江汇合，水量增加，东流进入三峡。这便是长江。

从嘉定西行九十里，所到之处不是平原就是夹着平原的田圃，走过田园风光的平原来到峨眉县城。峨眉群峰直逼县城西侧。登峨眉山的人都从这里启程。

据称，峨眉山的路从县城南门起步，到山麓十里，到山顶一百二十里。满山树木繁茂葱郁，寺院楼阁隐身其间，总数多达七十余座，不辜负"灵山"之名。

令人惊奇的是，峨眉县城南门至峨眉山顶一百二十里的山路全部是石板路。林间的平地是石头垒起的，一到山坡处就有石梯。遇到山崖就劈崖，碰到岩石就削岩，就地打造石梯。如此这般，一百二十里（约相当于二十日里）的登山道，可乘轿直达山顶。在我国，登山者是带着征服山岳的心情，打扮夸张，双肩挎着背包，手拄登山杖去爬山。而在这里，情趣完全不同。人们坐在轿子上，一边欣赏四周的风景，一边乘兴咏诗缀文。入夜，他们投宿山中寺庙，听寺僧抚琴，优哉游哉地游山乐山。《论语》有"智者乐水，仁者乐山"的说法，其实没有必要分智者和仁者，中国人登山并不在于以征服山岳而获得快感，而在于与山岳共欢。被轿子摇晃着昏昏欲睡地在山道上前行，看到路边的花草斗妍，听到林中的小鸟啼鸣，其心境，与其说是踏破了千山万岳的满足，不如说是与山亲近、与山同乐的平和。这就是中国的氛围，也是中国人的心境。

爬峨眉山通常要三天。从峨眉县城启程，第一天一般住大峨寺或万年寺，第二天同样住自己喜欢的寺庙，第三天到达山顶的金殿。各大寺院都有住宿设施，留宿及餐饮均无不便之处。我们从县城出发，第一天住万年寺，第二天住白云寺，第三天爬到山顶，在那里的金殿住了一宿，第四天趁着精神头儿，一口气走下山，回到峨眉县城。一百二十里路程倒是一口气走下来了，可是第二天，双脚站立不稳，无法挪步。与中国游客不同，我们三人无论上山还是下山都是步行。一百二十里的石板路，我们咚咚咚地顺势跑下来，导致脚关节肿起来，不能走路了。

我们一行六人，是从云南绕道来四川的，但入川以后，我们在是否爬峨眉山的问题上，意见出现分歧。结果，我们按各自的喜好分道扬镳。就这样，我与M君和K君踊跃地踏上了通往峨眉山的路。

我们常常在想，登天下名山，体验山岳之伟大，以养浩然之气。对于中学时代就喜欢吟诵李白的诗歌"峨眉山月半轮秋"的我来说，来到峨眉山脚下而不去爬山是万万行不通的，谁知道以后是否有机会再来。我当时的心情还带有这么点儿文学色彩。因此，我宁愿与他们分道扬镳也想去峨眉山看看。M君和K君也与我同感，于是我们三人穿上登山的草鞋奔向峨眉。

峨眉山中1（四川省）

峨眉山中2（四川省）

从嘉定到峨眉

九月二十日,从嘉定出发前往峨眉县。天下着雨。出嘉定西门沿大渡河左岸前行。左侧耸立着一座高约
三间的塔,六角形,上题"白骨宝塔"。从竹林间穿行。回头一望,但见嘉定凌云一带烟雨朦胧,江山分外美好。途中经过一个名为斑竹湾的村庄。这一带的河畔堆积着木材,有一家木材公司。

大渡河畔的山崖上有一条栈道,从栈道走过时,见雅河自北而来与大渡河合流。河水清澈,能清晰地看见水下的石头,给人美妙之感。河中水量适度,河畔芦花烂漫。细雨潇潇,风情寂寥,勾起几多旅愁。路旁有大量的白蜡树,长得与桑树有几分相似。

过雅河之后往西穿越平原。这是峨眉山麓的平原。原野开阔,树林繁多,土地上种着庄稼。流经这一带的小溪,河水清清,感觉一切都与日本内陆别无二致。在田园间连绵不断的树林彼方,可以看见峨眉山峰高耸入云。

日暮时分到达峨眉县城,投宿名号记作"保和客栈"的旅店。店主蓄着八字胡,一眼看上去还有几分绅士模样,但一开腔,就听出他是精于打算的、商人味十足的中国人。将七元银币换成峨眉的纸币。这就是我们三人登峨眉山的费用。登山准备就绪,上床睡觉。

半夜里,突然有好些人嚷嚷着进入我们的房间。愕然起床,一看究竟。只见四五个男子手上拿着东西进到我们睡觉的房间。对其瞪眼,大声怒吼,结果才弄明白,他们不是什么强盗,而是半夜到来的客人,要通过我们的房间到里面的房间去。与我们一样,是去登山的同伴。

峨眉县

九月二十一日,清晨,终于要爬峨眉山了。一大早起床做登山的准备。店家有个可爱的姑娘,十三
岁左右,水汪汪的大眼睛,粉红色的乖脸蛋,看起来很腼腆。她清早起来独自一人洗衣服。洗完衣服吃早饭,饭后跟家教读书。旅店的老头儿留着胡须,生意人派头十足,令人生厌,但这姑娘却讨人喜欢。我给她一张明信片,哄她上我们这边来,结果她拿了明信片转身走人。虽然是个小姑娘,却很稳重。我们三人见状,相视大笑。随后,我们披上油纸衣,穿好草鞋,离开保和客栈,向峨眉山进发。

峨眉县是汉时的安南县,后周时的平羌县的所辖地,隋朝始称峨眉县。《元和郡县志》有"枕峨眉山东麓,故名"的记载,也就是说,因地处峨眉山脚,故得峨眉县名。

出峨眉县城南门往西行。方圆一带水田相连,稻谷金黄。步行十里,到萧店子。至此,平路走到尽头,开始走山路。四周松柏竹林苍翠葱郁,遮荫覆道;林间河水清澈见底,水边花朵美丽绽放。

沿途有很多庙宇。树林中坐落着寺院楼阁，有钟声从寺院那边穿过树林传过来。越往上行，坡道越陡。途中看到一位身强力壮的年轻和尚背着一位老僧从陡坡上下来。老僧年过八十，有人背着下山当然是件好事，可是那个年轻人背人的方法很有意思，他就像背行李那样，在背上背一个架子，然后把那个老僧捆在架子上。

顺着溪流沿林间山路再往前行，见树林中有一座雄伟的山门，上题"伏虎寺"。在这个不见边际的森林中，抬眼看到山门匾额上的"伏虎"二字，一股寒气逼上身来。

伏虎寺

我们从叙州去自流井的时候，曾去过当地的一个王姓富贵人家访问，参观了盐井以及他经营的学校。当时，我们谈到要去峨眉山，王家年轻的主人（他曾留学日本）王余先告诉我们峨眉山不错，但有老虎。明知山有虎，偏向虎山行。我们三人虽然不惜与同伴发生争执，义无反顾地来到这里，但眼下，面对伏虎寺山门，仰望"伏虎"二字，环顾四周的密林，不禁感到寒气瘆人，毛骨悚然。据说，清朝初期，一位名贯之的僧人来此地与其弟子结庵，取名虎溪精舍。不知道是因为出现过老虎才有"虎溪"一名，还是因为看上去有虎才这样命名的。总之，从这个伏虎寺往上七八合目[1]一带，树木茂密，令人感到峨眉山就是一

1　合目：日本的山岳用语。主要用于圣山（比如富士山）。从登山口到山顶分为十份，每份称为一合目。

个毒蛇猛兽出没的地方。我们这次旅程中到底会遇到什么呢？是毒蛇还是老虎？中国人乘着轿子，带着众多随从热热闹闹地登山，瞧这阵势，老虎和毒蛇都会逃之夭夭吧。可是我们呢，就三人，身穿油纸衣，手拄登山杖，孤影悄然。会遇到猛兽吗？其实，我们的兴趣，还在于此。

伏虎寺建立于清顺治年间，耗费十余年岁月建成，光绪十年（1884）僧静安重修，殿宇楼阁层层相连，巍然耸立，其规模之壮大，号称峨眉山第一。进山门走林间小道。处处有清流，其上架石桥，兴隆桥、虎溪桥，各有其名。附近有海棠花绽放，美丽动人。渡过兴隆桥，走过观音堂，来到伏虎寺。

伏虎寺据说由行脚僧心安开建。据传，南宋绍兴年间，这一带常有虎狼伤人，僧士性建幢以镇之，虎狼之患乃平息，因此改名伏虎寺。也就是说，"伏虎"不是有老虎埋伏，

伏虎寺山门
（峨眉山）

而是老虎被降伏了的意思。明末，因张献忠之乱寺庙毁于兵火，清初，僧贯之结茅为虎溪精舍，顺治十八年（1661），四川大官募捐再建，耗时十余年才完成。殿堂伽蓝皆为十三层，规模宏大，跨溪俯崖，幽邃至极，实为峨眉山中第一寺院。进入大雄殿、御书楼、罗汉堂参观。罗汉堂有六百二十尊等身高罗汉像。

  自峨眉县出南门至正顶，计程百二十里。凡山路、水道、寺宇、峰峦、古迹，粲若列眉。

  峨眉县南门登山，南二百三十七步至回龙寺。

  由回龙寺西南一百九十八步至峨神庙。

  由峨神庙往西南四百九十八步至川主宫正殿。又往右六十七步至什方院。

  由川主宫往西南六百三十四步至壁山庙。

  由壁山庙往西南六百八十四步至菩提庵。

  由菩提庵往西南二百五十六步至兴圣寺。庙门前有靴石。

  由兴圣寺往西南一千二百三十一步至圣积寺，即老宝楼正殿。庙内，罗汉松二株，围六尺五寸[1]。左有铜钟一具，高九尺，重二万五千斤。右有铜塔一座，大小十四层，上铸佛四千七百尊，旁镌华严经字全部。庙外古榕树二株，大株围三丈六尺七寸，小株围二丈六寸。

  由圣积寺往西南六百四十五步至文昌庙。庙后八

---

[1]　所引中国文献中的"尺""寸"等，应为我国古代常用单位。下同。

卦井今废。

由文昌庙往南一千四百九十七步至保宁寺正殿。

由保宁寺西八百三十二步至子龙庙。庙前分路，三百二十五步至万行庄古海会堂。

由子龙庙西南八百三十二步至报国寺正殿。

由报国寺南一千五百三十二步至善觉寺正殿。善觉寺即二坪，朝山者多由报国寺西径上伏虎寺。

由善觉寺西北二千八百七十三步至伏虎寺正殿。左四百一十七步至无量殿。

伏虎寺，行僧心安开建。明末毁于兵燹。国初，僧贯之率徒可闻结茅为虎溪精舍。顺治十八年，川省大僚捐廉兴建经营。十余载始告成功。前后左右凡十有三层，崇隆广大，为入峨第一大观也。光绪十年，僧静安重新之。

《峨山图说》

塔　松

过伏虎寺之后终于开始爬山。途经一条清流，其上架设的桥名凉风桥。走出不远，遇到一陡坡。坡下又有清流，桥曰解脱桥，坡曰解脱坡。据说，过桥时，听到潺潺水声，便可解脱凡尘，爬上这个陡坡，便能解脱险阻。又是凉风桥，又是解脱桥、解脱坡，中国人的风流文雅，在这样的地方也能窥见一斑。

经过雷音寺、华严寺、纯阳殿、会灯寺来到大峨寺。会灯寺至大峨寺之间，我们接连跨过几条溪流。溪水上架设的桥，有的叫大平桥，有的称正心桥，有的曰万定桥、万福桥，还有的名万佛桥，都是一些可以纵身跳过去的小溪上建造的小石桥，居然一一取了这么雅致的名字。命名者乐此不疲，过桥人也是满心欢喜地过桥，将登山的疲惫抛到脑后。因此我觉得，风流并非枉然。我甚至认为：河上架桥利于人体，给桥命名利于人心。

大峨寺就是早先的福寿庵，由明僧性天创建，后毁圮。清初，僧智行重建，光绪十一年（1885）由僧人员明重修至今。大峨寺乃山中巨刹之一。登山者多在此留宿。

从大峨寺出发途经中峰、观音、广福等寺至清音阁。溪水从两侧流来击石成音。水上有桥，名双飞桥。还有一阁，名清音阁。都是山中绝境。

从清音阁经金龙寺抵达万年寺。

山越爬越高，不时遭遇齐眉高的陡坡。即便是这样的陡坡也都修成了石梯。四周依然树木繁茂，苍翠成荫，只不过树种减少，不见了山麓一带的竹林和杂木林，清一色全是松树。那些松树与日本的不同，好像名为峨眉松。这种松树，树干笔直，树枝水平伸出，似盘子重叠一般，从根部到树尖，盘子大小递减。从远处看，像极了五重塔、九重塔、十二重塔，因此，我们称之为塔松。

这个塔松茂密之地有山猴出没。翻过解脱坡，渡过正心桥、万福桥，一路拜佛而来的峨眉山登山客，几百年来，没有人逗猴，也没有人欺负猴。因此，这些峨眉山猴跟人很亲近，就像浅草寺的鸽子一样。

由伏虎寺西北一千四百三十四步至雷音寺即解脱寺。

由雷音寺西北一千五百九十八步至华严寺。古会福寺左，木楠伞一丈五尺三寸围。

由华严寺西北九百四十六步至纯阳殿。山后即华岩坪。

由纯阳殿西北七百五十六步至会灯寺。

由会灯寺西南一千九百八十五步至大峨寺。右神水阁，左歌凤台故址。寺后，松树九尺三寸围。又有中和石、归子石，之上双眼有水，夏冬不干。山后即宝掌峰。

由大峨寺西一千五百二十三步至中锋寺。山后有棋盘石、三仙洞、雄黄石。

由中锋寺西四百三十二步至观音寺。

由观音寺西五百八十六步至龙升冈。

由龙升冈西北一千二百九十一步至广福寺，古牛心寺。

由广福寺西北三百五十四步至清音阁。有双飞桥、牛心石。右至金刚坡一千一百二十三步。

由清音阁一千六十一步至白龙洞。西三百五步至金龙寺。

由清音阁上金龙寺共二千四百二十六步至万年寺。

《峨山图说》

万年寺

过了清音阁，再爬一段石梯后来到灵官楼，见一石造楼阁跨道矗立。穿过楼门再往上走便来到四会亭。之后又爬陡坡，坡道尽头，就是万年寺了。

万年寺位于半山腰斜坡上。寺后负山，前方和左右两侧都是深谷。寺院隔溪谷与他山相对，景色绝美。寺内古树参天，苍绿繁茂。树林从寺院延伸至溪谷，又从溪谷延伸至对面的山上。山风阵阵抵溪谷，回响声声绕树梢。

抵达万年寺已日暮西山。寺中的和尚欣然出迎，把我们引进寺院深处一间闲静优雅的屋子。房门上高悬着"唐李白听僧浚弹琴处"匾额，据说是李白曾经下榻的房间。八百年后，东海的三名游子亦投宿于此。遗憾的是没有听到蜀僧抚琴。

万年寺，晋时名普贤寺，唐僧慧通易名白水寺，即僧人广浚弹琴的地方。宋改称白水普贤寺，明万历年间，敕改万年寺。作为峨眉山中第一名刹，以普贤菩萨的道场而闻名天下。

万年寺原本宏伟壮观的寺院接瓦连檐，天王殿、金刚殿、七佛殿、大佛殿、毗卢殿、砖殿、新殿等七层庙宇层层重叠，而如今，其中的天王殿、金刚殿、七佛殿、大佛

万年寺（峨眉山）

殿毁于火灾，我们去的时候只剩下毗卢殿、砖殿、新殿等三座殿宇。依宋代的记录，当时，万年寺内全是稀世珍宝，在四殿烧毁的同时，唐宋的宝物也归为乌有，令人扼腕痛惜。眼下，只有砖殿中的普贤菩萨青铜像保存完好。

普贤菩萨像以青铜打造，高约一丈，坐于同为青铜铸造的高一丈有余的大象背上。象足踩在直径约三尺的莲花之上。菩萨像放在一个涂饰漂亮的箱子里，只有前方敞开，以供瞻仰。四周环绕石栏，还以砖造佛殿覆盖。此乃砖殿名称的由来。这座佛像，据传是宋初在成都铸造的。

> 铜铸普贤丈六骑象，象高长各丈许，足踏三尺莲花，遍体为朝山者摩损。光绪十三年，署成绵龙茂道黄沛翘捐金修补，并砌石栏以护之。
>
> 《峨山图说》

也就是说，登山的人都会去抚摸这座佛像，因此，光绪十三年（1887），成都的道台黄沛翘将磨损处进行了修补，并以石栏将其围起来，给予保护。

进得门内，见一年轻的僧人莞尔相迎。经过左侧的厢房，在中庭迂回前行来到整洁的客堂。客堂的门呈圆形，僧人指着门上的匾额说，这就是李白听琴的地方。额题"唐李白听僧浚弹琴处"由湖南一个名叫李肇沅的人题于光绪辛卯（1891）秋七月。

李白听琴

翻阅《峨山图说》，看见一幅图描绘的是一大群登山客的身后，跟着手里抱着古琴的从仆。虽然"持一管尺八旅天下"的情景常出现在日本的绘画作品里，但在中国，难道风流人物都是携琴出游的吗？一听到峨眉山中那流水的声音，就能感受到弹琴的旋律。在这样的环境中，估计留宿山寺的游客，一到夜晚，自然就会产生弹琴的冲动，自然就有听到琴声的欲望了。李白在万年寺听蜀僧广浚弹琴，有感而发，赋诗一首。其诗为后人所喜爱，估计就是因为在这样的环境中,大家都有过同样的真情实感。

这是万年寺毗卢殿的一间僧房,据说是李白听琴的遗址。客房很宽敞,备有床铺,供登山客留宿。

实际上,李白是否在这间房里听过蜀僧弹琴,我们并不在乎,但李白留下的感觉,现在的人们都有体会。大家以李白的心情在宇宙乾坤中尽情享乐,仅这一点就证明,古人的风流遗迹妙味无穷。应该没有人为了赚钱而来峨眉山。将那种物质至上的欲望果断地置于脑后,只是去欣赏天地自然之美,倾听朗朗乾坤之音,感知人生之快乐,这种做派,蕴涵着带有几分文学色彩的人生欣喜。我认为,抛弃理性的东西,有真情实感就好。

一千一百年前,李白在这个房间听蜀僧弹琴留下千古绝唱,今天,我们也在这里度过了难忘的一夜。梦回唐朝,第二天早晨睁开双眼,只见屋外秋雨萧条。

寺僧拿来一本红色的捐款帖。他毕恭毕敬地将其捧在手上,露出一副殷勤的表情。此时,我的梦破碎了。心想,李白也被迫捐款了吗?伸手接过来一看,红纸上气势恢宏地签着很多人的名字。可是我没有潇洒签名的勇气。我们是出来穷游的,云南至四川的千里路程,我们是花费了长达两个月的时间,拖着沉重的脚步走过来的。峨眉县城至峨眉山的四天之旅,我们一行三人,预算仅有七元钱。虎来手挡,山来脚踏,我们有这样的勇气。但是,面对捐款帖,我们却无能为力。

我思索片刻后平静地对寺僧说:我们是学生,我们为修学云游天下山水。也就是说，我们与托钵修业的僧人是一回事情。虽然没钱，但心怀善意。接着，我把从上海带来的日本明信片选出六枚山水寺观，双手递给他以作纪念。他接过去一枚一枚地看，看一枚点一下头，全部看完后，他还用双手将六枚明信片举过头顶接连叩头三次。看到他收下明信片，我也感到莫名地欣慰。

石梯连石梯

九月二十三日，一大早从万年寺出发，又开始爬山。出发之际，我们在借宿了一夜的万年寺弹琴楼的门口，与寺里的和尚拍了纪念照。一拍完，和尚马上来到照相机的旁边说要看照片。我说照片马上出不来。我向他解释洗照片的工序，为了说服他，我费尽了口舌。尽管如此，他好

万年寺 李白听琴处
（峨眉山）

像还是没弄明白，露出一副极其不爽的样子。

这天早上，天空下着毛毛细雨，四周的山岳云遮雾罩，阻碍远眺。寒气逼人。

走出万年寺进入一片大树林，沿步道上行。走出不远，遇到一坡有数千级台阶的石梯。气喘吁吁地往上爬。往上看，石梯在树林间直抵遥远的天际；往下瞧，自己的双脚仿佛踩在后来者的头上。好一条壮观的、陡峭的、漫长的坡道！

万年寺这边，山势一路走高，道路越发险峻。从万年寺前行一千二百四十余步来到观心庵。再往前走，忽见两块巨石夹道对峙。此乃鬼门关。走出鬼门关又是一个大陡坡，石梯高度直抵胸口。此乃观心坡，俗称点心坡。因拾级而上时，膝头会顶到胸口，故得此名。石梯尽头有一小小寺庙，名息心所，即歇口气的地方。息心所位于峨眉山的半山腰。

从息心所再顺着林间石梯往上爬就到了开山初殿。在这里吃午饭。有一老僧为我们盛来饭菜。这里的斋饭很合我的口味。我早上在万年寺只喝了点儿粥，途中又粒米未进、滴水未沾，还连续爬了几个大陡坡，因此早已饿得前胸贴后背，一口气便吃下了四大碗。那个碗有日本的汤碗大小，也就是说，我扫平了四大碗"亲子丼"[1]。饭一碗十六文，菜没算钱。三人一共支付饭钱二百文。也就是说我们三人一共吃了十二碗饭。

从开山初殿出来又遇到大陡坡。这个陡坡，笔直地站立在面前，其名曰：上天梯。据说是全山第一陡坡。

---

[1] "亲子丼"是用我国汤碗大小的碗盛的一种日本料理。这里强调的是碗的大小。——原注

真有登天的感觉。经过华严顶来到池湖禅院。这一带，冷杉成林，巨木亭亭并立，白雾缭绕林间，景致不凡。池湖禅院内有莲花石，颜色漆黑，有光泽，高五寸，直径一尺左右，纵向有条纹，因形似莲花而得名，好像是硅石打造的。

途经洗象池。传说古时候，普贤菩萨骑大象上下山经过此地时，在这个水池里给大象洗过澡。水池一丈见方，以石墙环绕，里面蓄着少量的水。

从洗象池前行五里来到大乘寺。寺内有一铁碑，幅二尺，高三尺，铸篆籀体文字，赤绿苍绣，古色苍然。据传是汉代的文物。

从大乘寺前行五里抵达白云寺。雨，仍然下个不停。

  由万年寺北一千二百四十七步至观心庵。
  由观心庵西南一千三百六十五步至息心所。
  由息心所西一千七百二十四步至长老坪古万寿禅林。山后有石笋二。
  由长老坪西一千二百三十五步至初殿。一名鹫殿。
  昔，汉时，蒲公采药，见鹿迹现莲花，因开建此山。故额曰初殿。其山若鹫鹫，亦名鹫殿。
  由初殿九百四十七步至华严顶正殿。
  由华严顶西南一千八百三十一步至莲花石。
  由莲花石西一千六百四十七步至洗象池。一名初欢喜亭。

相传，普贤乘象过此，必浴其象而后升。

由洗象池西南一千八百三十五步至大乘寺。老柏树数十株，皆轮囷蟠结，生趣盎然。

寺内竖一铁碑，字篆籀，赤绿苍绣，为汉时法物。

由大乘寺西一千三百七十七步至白云寺。

过凌云梯下坡，转左行半里许，路稍平。白云冉冉弥漫山谷，素涛银海变幻无端。中有古刹，为白云寺，又名云坛殿，三层，覆以丛簧翠篠。

《峨山图说》

白云寺

《峨山图说》记载曰："白云冉冉弥漫山谷，素涛银海变幻无端。"确实景如其文。穿过白云来到白云寺。一进寺庙，见一和尚端坐炉侧念经。请求留宿一晚，遭到拒绝，理由是没有好的房间。我们说房间好坏不是问题，他就一口答应了下来。他把我们带到客房，安排我们坐在炉边烤火取暖。

白云寺离峨眉山顶已经不远，海拔八千尺左右，相当地冷。我发现，和尚也是穿着好几层衣服一直坐在炉边生火取暖的。相比之下，我们却只穿了一件衬衫，而且还是被雨淋湿了的，那才真叫一个冷！我们赶紧烤火暖身。和尚又把我们带到一间大客房，那里并排摆着十张床，放着大火盆。炭火很旺，我们在火盆上罩了一个极大的竹笼，把它当烘笼用。我们把雨水淋湿的衣服挂在上面,还钻进竹笼里取暖。屋外,细雨霏霏下个不停。蒙蒙白雾穿过细雨飘进房间。报时的钟声从白雾间传来,耳畔还响起了和尚的念经声。一种远离凡尘的感觉油然而生。

这一夜冻得我彻夜难眠。天没亮就起床生火,又罩上竹笼取暖。

九月二十三日,早上七点,离开白云寺上金顶。白雾蒙蒙笼罩山间,四方一面,银色的世界。行走其间,如同在云海中遨游一般。来到雷洞坪。据说有古庙,有铁碑,还有十余尊万历年间铸造的铁佛,可是遍寻不得。

> 有古庙一座,为雷神殿。铁像十余尊,明万历年间铸。濒岩竖铁碑。
>
> 《峨山图说》

离开雷洞坪,来到接引殿。据说对岸有仙人石奇观,但白雾笼罩,什么都没看见。

到古太子坪。这一带,冷杉呈塔形亭亭并立,云雾往来其间,难得一见的风景。

走过祖师殿,来到沉香塔寺。寺内有一座九重小塔,估计那就是所谓的沉香塔。听说寺内还藏有明通天和尚的法身,因此向住寺和尚打听,但没有问出个名堂。寺后有一口漏砂锅,乃一直径二尺五寸的大铁锅,放在岩石上面,不知其由来。听说那后面有某人的肉身像,但走了一遭没有看到。我还想，那可能就是通天和尚的所谓的法身。

离开沉香塔来到天门石。从劈开巨岩修建的道路上通过。这便是所谓的天门。那里有一座寺庙，里面有块木板，上面画着峨眉山胜景。穿过天门再往上爬，来到七天桥。那里也有寺庙。

再往上就走到和尚塔了。寺院的中央位置，保存着某和尚的法身。老人结跏趺坐，脸上涂着金箔，微微张开的嘴里露出缺了一半的牙齿。由此可以确认，这是真人的木乃伊。

离开和尚塔再往上爬，这里已接近山顶，巨木森林消失，山体被灌木覆盖。在一簇簇、一丛丛的高山植物间，我们沿着蜿蜒的小道一直往上攀爬，终于，我们来到了金殿。这就是峨眉山的绝顶。

> 由白云寺西南一千一百七十四步至雷洞坪。岩下有伏羲、女娲、鬼首三洞。
>
> 由雷洞坪西南一千三百五十四步至接引殿，古新殿。
>
> 由接引殿西二千三百七十八步至太子坪。
>
> 由太子坪南一千五十三步至天门寺。复二百一十八步为沉香塔古护国草庵。复一百五十三步为通天祖师殿。复二百五十步为永庆寺，古盘龙寺。
>
> 沉香塔以塔名寺。明通天和尚奉敕开建。
>
> 沉香塔，高丈许，覆以层楼，雕镂金彩，工极天然。

通天和尚法身在焉。

由天门寺南三百六十四步至七天桥，古金刚寺。又南三百二十七步至和尚塔。塔藏法身趺坐。

由和尚塔南九百八十五步至永延寺金殿。后金顶。为古铜殿。复前百七十五步至锡瓦殿。右八十九步至光相寺古铁瓦殿。祖殿。又一百九十三步至卧云庵。金殿东一千八百三十四步至千佛庵。二千一百四十八步至结草庵。二千二百五十九步至华藏庵。二千三百七十五步明月庵。二千五百八十三步万佛庵。一千六百七十五步白龙池。一千九百八十三步净土庵。

《峨山图说》

金 顶

金殿是位于峨眉山金顶的一座大寺院，也可以说是峨眉山寺院的本寺。殿内有数十间客房，供登山者留宿。金殿后方即金顶，乃峨眉之绝顶。从金殿的后门出来拾级而上，见那里有一座殿堂。堂前有一联，曰：东看云海，西望雪山。此乃真实写照。

金顶的建筑以走廊环绕。依回廊的栏杆俯瞰，断崖就在脚下，深不见底。回廊的正面是一片云海。白云皎洁，欺光赛雪，所谓的银世界可能就是指的这里。明亮粲然，看上一眼，就会为之神魂颠倒。金顶的殿堂背面，有一面

金顶(峨眉山)

黑色板壁，上书"银世界"三个白色的大字，字的高度超过一丈。

发现一片旧铁瓦，其上阴刻"金顶"二字。下金顶再次前往金殿，去盖金顶的玉印留作纪念。那方玉印，据说是清朝乾隆皇帝赐予的，以青玉制作，四寸五分见方，上刻虎纽。

峨眉山的壮丽景观在千佛崖的绝壁之上。走出金殿，在浓雾中前行五里抵达千佛顶。又是一座大寺院！寺院的后方高出一截，其上又有一殿。殿后就是千佛崖，一面数百尺

金顶的铁瓦（峨眉山）

的断崖绝壁。白云笼罩，使我们无法看到其千尺幽谷。就连那片银色的云海有多厚，我们也无从知晓。实际上，这是世界上极为罕见的深幽景观。

下到山后的岩头，将千佛崖的壮观摄入镜头，还采集了一些岩石间的植物花草。千佛顶的佛殿里有大峨山全图。回到金殿，围着火盆取暖。从寺里分来一些豆腐，把随身携带的锅架在火盆上，削一些木松鱼片放进锅里做豆腐汤当晚餐的下饭菜。美味可口。气温10℃，在峨眉绝顶，围着火盆，吧嗒着嘴喝自制的日式豆腐汤，那份快乐永生难忘。

入夜，寺僧拿来茶点。没隔多久，他拿来了捐款帖。

由和尚塔左上，渡天仙桥。旁有仙女庵故址。进金殿。明僧妙峰建，僧唯密嗣修。国初，总兵祁三升捐，覆铁瓦。由殿后层梯而上造金顶。瓦柱、门楗、窗壁，皆铜为之，而渗金。高二丈许，深广各丈余，中设普贤像，旁列万佛，门阴刻全蜀山川程途。明沈府捐造，今毁。光绪十二年，僧心启改砌砖房。唯王毓云集王羲之书、傅光宅集褚遂良书，两记铜牌尚然完善，光泽可鉴。顶后悬岩，下临无地。岩左祖殿，亦修砖房，以护佛像。有睹光台，居其中，佛光每现于巳午。先布兜罗锦云,平如玉地,名银色世界。上有圆光,外晕数重,五色斑斓,虚明若镜,观者各见自形,名摄身。光云散,复出大圜光,映物绚蒨,不可正视,名清现。又有紫云捧虹者,名金桥。白色无红晕者,名水光。形如箕则曰辟支光,如铙钹则曰童子光。光止一光,变态而名异。当光欲现时,三小鸟飞鸣,译其语曰:佛现! 佛现!

至夜,佛灯始见。数点若萤火飞明,渐至数千百万,俨若灯光。冉冉而来落雪上,有声,以手覆之,浮光四迸不可掩。

金殿左下新凿龙泉。再下古白龙池,深广二丈。水清多蜥蜴,色白微黄,长数寸,四足两额竖角有花纹,性驯而灵。

《峨山图说》

眺望大雪山

九月二十四日。

受"峨眉山月半轮秋"的影响,我从中学时代就梦想着爬一次峨眉山。回头一看,我终于达成了目标,还体验到了登顶入云的快感。因天气的关系没能看见佛光和佛灯,虽然有些遗憾,但急于赶路之身又不能在山顶滞留,所以我们决定今天下山。重游之事遥不可期,因此,动身之前再登金顶。金殿外,寒风刺骨。天空清澄,白雾铺地。站

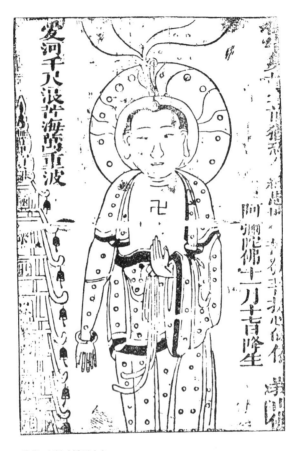

佛像 木版（峨眉山）

在山顶放眼西方，在那遥远的天际，大雪山的连峰戴万古白雪，如银色屏障南北延伸。何等壮观的景象！所谓的神秘，大概就是指的这种氛围。如此壮观我不曾见过。估计今后也没有机会再见到了。

手扶金顶背后的栏杆，俯瞰山下，眼前一片云海。白云，随着山风，波涛般上下去来。波涛间，岩石山头忽隐忽现。白云底下突起的岩石深不可测。站在岩头俯瞰云海，白棉般柔软的云看上去非常舒服，令人产生纵身跳进去的念头。

金顶的南方，有千佛顶、万佛顶并立，各自露出山顶的岩头，余下部分隐藏在云海之中。我认为，如此壮观的景色，天下无双。

将金顶的壮观摄入镜头，将金顶的旧铁瓦收入囊中之后，我们终于踏上返程的路。山顶云开雾霁。沿着刀劈斧砍的断崖一路下山。岩间红叶斗妍，四周石楠木成林。山风猛烈，朝雾随风散去，视野开阔起来。在白云寺歇脚，告诉寺僧我们今天要走到峨眉县城，他说要天黑才走得到，让我们路上小心。管他天黑不天黑，我们一鼓作气赶往县城。

峨眉的山猴

到洗象池的时候，看见寺前有一只老猴子，大狗大小，脸色灰白。它的毛极浓密，身上如同裹着一床棉被。这只山猴不怕人，有路过的中国人给它食物，它便靠过来伸手去接。我朝它走去,它却嗖地一下逃走,不靠近我,全因我的模样与众不同。另外还有两只小猴子,它们的脸是红的,远离行人不愿靠近。这边靠过去,它们就急忙逃进树林。

在莲花石的寺庙吃了午饭。寺僧特意为我们做了好菜。鬼门关上段的路边,野木瓜上挂着色泽漂亮的果实。顺道去万年寺,要来一幅普贤菩萨图,之后经金龙殿左转,沿着溪流下山。那条河的清流,与河边的石头,都吸人眼球。顺流而下,走过村庄,走过田园,就这样我们来到山脚。回头仰望,峨眉山顶,高耸云端。

岷江与长江

丞相祠堂（成都）

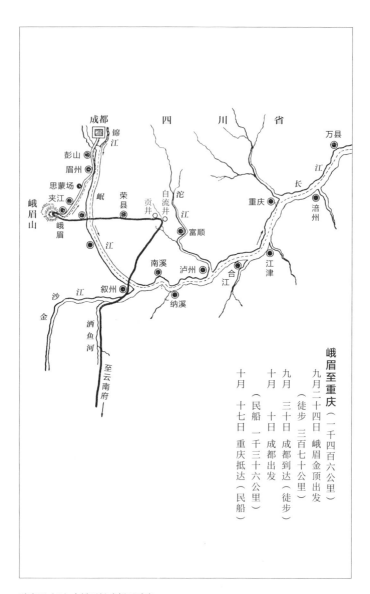

踏查图（5）由峨眉经成都至重庆

从峨眉前往成都

一口气从峨眉山下来,走了一百二十里的石梯路,第二天腿脚痛得无法挪步,在旅店躺了半天。

下午,前往衙门访知县,说是人不在,没见着。

托旅店的主人雇了一个挑夫。一天三百文,约好五天走到成都。

这天,气温17℃,买了本《峨眉县志》。

休息了一天,决定就在第二天,九月二十六日,离开峨眉县向成都进发。可是就在出发当天的早晨,旅店老板和挑夫勾结,说我们出的价钱"没法"接受。于是我们辞掉挑夫,自己出去重新雇人,但很不顺利。不得已,又去县衙门。这次知县又以正在办事为由不予接见。我们也不认输,再三请求接见。也许知县嫌麻烦,他居然牵出一匹马,准备一走了之。见状,我们赶紧告知缘由,求知县接见我们,说如果不管我们的话,事情就麻烦了。就这样,我们终于被引到客厅。我讲述了我们的峨眉之行,告诉他接下来想去成都,但苦于雇不到挑夫,想请他帮忙,并求他派人沿途护送。话音一落,知县就说:你们不是日本人是中国人。我拿出护照给他看,证明我们是日本人。可知县又说:从英国和美国过来旅游的人为数也不少,可他们都不提这种非分的要求。我说:中日两国同文同种,与英美人不能相提并论。知县不再说话。过了一会儿，他叫来手下查看我们的护照，又过了一会儿他才决定随后送一个挑夫和一名护卫到我们下榻的旅馆。我们回到旅馆等待。等呀等，半天不见挑夫的身影，也不见有护卫过来。再去谈判也是件棘手的事情，于是我们又上街，终于在轿铺雇到挑夫。让挑夫担起行李，总算从峨眉县动身出发。当时已经是午后时分了。

从峨眉县步行五十里抵达夹江县。因爬峨眉山造成的疲劳尚未消除，这五十里路程走得非常艰辛。

九月二十七日，离开夹江县前往思蒙场。这天的行程九十里，途经之地一马平川。到处是水田，稻谷已经收割，路边挂着割下来的稻草捆。

在田间的小路上行走时，见对面走来一个身背竹篓的姑娘。那姑娘一看见我们撒腿就跑，她按来路返回，然后往旁边一转弯就不知道藏到哪里去了。这天，发生了两起这样的事情。

中午时分天空降雨，路烂起来，我摔了一跤。还有几次险些滑倒。

晚间享用了 M 君擅长的猪肉料理，非常可口。

九月二十八日，离开思蒙场向彭山县进发。前一天的雨使道路泥泞难行。走四十里来到眉州。原本打算去苏公祠参拜，结果因路不好走耽误了时间，最终只得放弃。路坑坑洼洼，越发难走，眼看着天就黑了下来。可是彭山县距我们还是那么遥远。马不停蹄地在夜晚的泥泞中赶路，赶到彭山县时已经是深更半夜了。

来到岷江江畔

九月二十九日，离开彭山县前往花桥场。

这天早上，雨频频地下。挑夫不知去向，见他出门不见他回来。没办法，决定在当地另雇一人，结果没有雇到。其间，却见挑夫悠然抽着烟回来了。上路的时间因此推迟，当天没能按计划到达花桥场，在途中的邓公场住了一宿。

这天下午，第一次来到岷江江畔。江畔的风光真是不错。雨也停了，天空放晴。

抵达成都

九月三十日，从邓公场出发前往成都。

一早走出旅店，坐渡船横渡岷江。江畔芒草花缭乱，江中白云映倒影。岸上有一座树木覆盖的小山，名小凌云山，形似嘉定的凌云山。高塔、亭阁隐现林间，周围的视野非常开阔。

昨晚，腿又疼起来，今天步履艰难。途中坐上了独轮车。那个独轮车与上海那边的不同，是坐在车的正前方的。据说杜牧的诗句"停车坐爱枫林晚"中的车就是这种独轮车。想来也蛮风流的，但在凹凸不平的路上摇来晃去屁股受不了。于是停下车来，改乘轿子。

蜀僧福慧的对联（成都）

到簌桥时，夜色降临。由此往后的路程既无车也没轿。我鼓足勇气，拖着疼痛的双腿往成都赶路。

从丞相祠堂前路过。天已黑尽，只见柏树森森，漆黑一片。在堂前划了根火柴，往门上一照，"汉昭烈庙"四个大字金光闪闪。在堂前席地而坐，稍事休息。我不顾腿脚疼痛、疲惫乏力，放声吟诵"丞相祠堂何处寻，锦官城外柏森森"。一想到自己现在就要从这个"柏森森"的丞相祠堂前经过，进入古老的锦官城，突然诗兴大发，将所有的痛苦抛到了九霄云外。

再次踏上黑暗的道路，摸索着朝成都前行。铺满石头的道路，在星光下有些泛白。走过锦官城，渡过万里桥，来到成都城的南门外。城门已关，无法进入。在城外买来火把，点燃后照亮脚下的路，沿城墙外的小路绕到东门外，前往位于那里的皮革厂造访技师小西织之助。运气不好，他不在。于是在东门外的旅店投宿。疲惫不堪。

成　都

十月一日，锦江江畔的晓梦令人心寒，我被工厂那响彻云霄的汽笛声吵醒。这里，曾经是蜀汉之都，还是诸葛亮上书《出师表》的地方。可是在这样的地方，也有汽笛声不绝于耳。于是我感到，我的眼睛也睁开了，我的梦也醒来了。

上午，去皮革厂访小西氏。接受他的好意，在成都停留期间借宿他家。他的寓所濒临锦江，从成都平原吹来的风一扫游子胸中苦闷。自七月一日从上海出发以来，我们在南国的酷暑以及蚊子和臭虫的攻击下踏破云南至四川的群山，这苦难之旅，一走就是九十三天。今天，在小西氏这里，我们第一次躺在榻榻米上舒展了一下身体。午后，去学道街的书店淘书。

入夜，听小西氏和画家福田[1]闲聊旅行经历。小西氏明治四十年[2]受四川总督的委托，去过一趟西藏的巴塘。画家福田，今年四月以来，以成都为中心，跋涉四川各地，还经过打箭炉去过阿娘坝。至今为止，日本人中去过打箭炉的只有三人，小西、福田，还有八田厚志。据说，一个叫矢岛的日本人，二十天前从成都出发去了巴塘。

十月二日，走访驻成都的日本同胞。去陆军医学堂看望教习儿玉氏，去铁道学堂拜访教习百濑氏。在百濑氏家吃了午饭。百濑收集了大量的西藏佛像及拓本。在他那里见到了工业学堂教习市川氏。去府中学堂访铃木氏，去高等学堂与各位教习会面，但他们都不在。去藏文学堂的教习相田氏公馆造访，在那里见到高等学堂教习三木氏。在相田公馆吃了晚饭。

十月三日，上午，去学道街逛书店，购买书籍十五种共计八十二册，还买了三种地图，一共五张，其中包含《蜀水考》《西藏地图》《长江水程详记》《蜀碧》《蜀山

1　福田麦仙。

2　1907年。

图说》《西藏图说》等。

丞相祠堂

十月四日，参拜丞相祠堂[1]。

出成都城南门，过万里桥，不久经过古锦官城。古锦官城如今看不到城墙，只是一条小街。我们顺着田埂向南走了大约一日里地，看到了那个柏树森森、周边环绕着赭壁垩墙的地方。那就是丞相祠堂。其景致，与杜甫吟唱的"丞相祠堂何处寻，锦官城外柏森森"一模一样。

祠堂以红墙环绕，园内松柏繁茂，竹林苍郁。正门上方高悬"汉昭烈庙"匾额，因为，除诸葛亮以外，院内还供奉着汉昭烈帝。走进头道门，看到有名的三绝碑。进入

丞相祠堂
（成都）

---

1 即今日武侯祠。

二道门，参天的老柏树及昭烈庙进入眼帘。步入庙堂，看见正面安放着昭烈帝塑像。庙堂背后是丞相祠堂。堂内高悬无数匾额和对联，正面的佛龛中安放着诸葛亮的塑像。站在塑像前，面对诸葛亮的英姿，正襟肃然。他的忠诚，千百年后依然打动我们的心。堂内有很多石碑，或竖立地面或嵌入墙内。庙堂右侧有莲池，四周有亭台，任游客休息。再往左面走，来到惠陵，即汉昭烈帝的陵墓。墓地堆成一座小山，草木茂盛，以矮墙环绕，正面的入口大门紧锁，没能入内。

莲池的后方有一亭，上题"琴亭"二字。台上安置古琴。据说是仿照诸葛亮爱弹之琴制作的。莲池的前方有庭园，优雅别致，庭中的树上有鸽子歇息。

将柏树叶夹在书中后离开丞相祠堂。

进成都南门，前往府中学堂拜访山本教习。在他的带领下前往建在中学堂内的何氏夫妇之墓吊唁。何氏是明代儒学家，据说张献忠之乱时在成都殉难。

参观文庙。该文庙号称是四川省第一大庙，尤其是近几年进行了大修，建筑越发壮丽恢宏。每年春秋两季，各举行一次盛大祭典。今年的秋祭刚刚结束。为祭祀宰杀的牛羊，在庙前留下的血腥味尚未消散。祭祀活动从半夜三点开始，伶人举着竹火把，弹琴起舞，总督以下文武百官、显贵绅士以及其他人员在孔子灵位前行礼叩拜。除此之外，各在校学生必须参加祭拜活动。

庙内，正面安放孔子牌位，左右并列诸子百家的牌位,数以百计。

被取绰号

走进旧蜀汉皇城,里面有三国汉昭烈帝的皇城遗址。旧皇城以城壁环绕,城壁上布满苔藓,杂草繁茂,古色苍然。正门前矗立着一座旧牌楼,上题"为国求贤"。

皇城内,各学校并排而立。通省师范学堂、工业学堂、法政学堂、两级师范学堂、农业学堂等等。这些学校里都有日本人教习。

去通省师范学堂见小西教习。在那里见到了松本、百濑、市川等诸位教习。交谈甚欢直至吃晚饭,意犹未尽。喝着四川的酒,任由驻成都的同胞取绰号。据说这是惯例,

蜀汉皇城遗址
(成都)

要给每个新来成都的同胞取一个绰号。并且,绰号一定得是动物名,而且大多选择难听的名字。市川当选命名委员长,给我等三人取名。M君是蜗牛,K君是蟒,我是臭虫。M君双肩瘦削,K君膀大腰圆,长发披肩,而我那圆滚滚的脸上长着全程没有打理过的胡须。我们相互打量,发现这绰号取得还真有几分道理。据成都人说,取名字当时,即使觉得不太像,但想着取好的名字再去看人,自然就有几分相似了。

那一夜,因时间太晚,就在小西寓所留宿了。

十月五日,清晨告别小西家,前往工业学堂及两级师范学堂与诸位教习道别,但他们都在上课,没有见到。

草堂寺

十月六日,从青羊宫游到草堂寺[1]。

从成都城南门出来左转,沿城墙根儿走了三町左右来到双孝祠,祭拜孝子马氏兄弟。祠堂内有庭院,有亭阁,是个相当不错的地方。

离开双孝祠,向西来到一条小街。经这条街走到右侧的青羊宫。这是道教的本宫,境内古柏苍郁,林间堂宇并立。八角堂坐落其间,内设老子骑牛像,据传是唐代的建筑。

走出青羊宫,再往西来到送仙桥。桥畔有一古塔,高一丈左右,虽刻有文字,但字迹磨灭,不可识读。据传,该塔与西安的中国景教流行碑是同一时代打造的文物。

---

1 即今日杜甫草堂。

草堂寺
（成都）

　　过送仙桥往西，路端芦苇丛生，芦穗缭乱。步行十二三町来到草堂寺。据说该寺因杜甫晚年隐居于此而闻名遐迩。好一座宏伟的寺院！竹林成片，柏树成林，小鸟飞来飞去，啼啭之声不绝于耳。离开竹林走到杜公祠。亭阁错落有致，庭园景色宜人。非常适合文人墨客到此一游，缅怀热情诗人。著名的禹碑也坐落于此。

　　顺着锦江江畔的路返回。岸边芦花盛开，隔江远眺，丞相祠堂，柏树繁茂葱茏。

　　去南门内，访府中学堂教习山本，他招待我们吃了晚餐。津津有味地聊到半夜，借宿一宿。

望江楼

十月七日,晴好天气。

清晨从山本家告辞出来前往满城。遇到几个满洲人的子女。女子不缠足,头发的编法也与汉族妇女有别。与汉族人相比,小孩儿的面部轮廓也有差异。城内有几分满洲城的感觉。

前往君平胡同参观支机石庙。庙内有支机石,高约一间,宽三尺,厚一尺左右。据说,君平胡同之名源于这条胡同里曾经住着一个名叫君平的算卦人。

爬上城墙眺望西方,但见茫茫平原的他方,雪岭连亘至天际。那座雪岭为大雪山的一部分。在城墙上绕行,前往南门,途中看见城墙上还建有城墙。这堵城墙,把满城与华阳县分隔开来。

午后,游望江楼。从东门外沿江往南步行数町来到九眼桥,桥畔有回澜塔。再下行十数町,可以看到下游的望江楼,楼临江耸立在竹林之上。乘小船渡江至望江楼。园内有竹林,林间有水池,池畔有亭台,构造雅致。上楼,放眼北方,有回澜塔,还有九眼桥。九眼桥那边,有成都东门的城楼,相邻的是成都城的城墙,城墙向南北延伸,消失在霞光之中。南方有锦江之水,在芦花竹林之间蜿蜒流淌。

园内有薛涛井,据说一个名叫薛涛的美人曾经在这口井中汲水抄纸。现在坊间出售的一种被称为薛涛笺的纸,有如此来历。

这天晴空万里,没有一丝云彩,当地人说这是成都难得一见的晴天。成都以多阴闻名,听说之前的九十多天一直天阴,今天首次放晴。正是"蜀犬吠日"的日子。

十月八日,雨。

昨天晴了一天,今天又是下雨。因雨,中止灌县之旅。

十月九日,一早接到重庆发来的电报。称上海那边挂念我们,让我们赶快回去。早就定好要回上海的人却还在成都闲逛,被要求赶紧返回是理所当然的事情。于是,我们决定这就撤离成都。晚上,驻成都的同胞为我们举办了送别宴。尽情地欢歌笑语,把酒话别。

德国与英国

停留成都期间,从驻成都的同胞那里听到各种有趣的事情。记载二三如下。

在成都出售的外国商品中,最有势力的是德国产品。那些产品相当适合中国人的嗜好,结实耐用,且价格低廉。四川省乃竹子的产地,各种器物中,竹制品占多数。德国人瞄准那些竹器,用上了釉的金属制造出同样款式的东西推送到中国人眼前。相较于竹器,这些产品既坚固又轻便,还不怕潮湿,而且价格便宜。中国人对此不可能不出手。

德国用军舰输送商品。他们将商品搬上军舰,溯扬子江至嘉定。在嘉定上岸,将货发往市场,连半文进口关税都不缴纳，因此，可以低价出售商品。

法国和美国，以传教士行李的名义把商品运过来。只有英国，堂堂正正地办理正规手续，缴纳税金。

在成都，活动最频繁的是德国领事，与中国官宪联系时用钱开路，毫不吝啬，用尽各种手段谋求权利。机器局的技师是德国人，独霸机器局不说，现在还试图将手伸向皮革厂。德国领事向皮革厂的周总办赠送管风琴呀钢琴什么的，还自带洋酒和料理前往周总办的府上请客。分明是心怀鬼胎，想把现在的皮革厂技师小西赶走，以德国技师取而代之。所幸周总办非常信任小西，没有轻易听从德国领事的说辞。

德国领事还对西藏感兴趣，每周两次邀请藏文学堂教师（一个西藏人）去他家教藏语。据说，他付给那个西藏人的报酬之丰厚远远超过教师的正当收入。那个西藏人还在总督衙门兼职，藏文书写的公文全部出自他的手笔。因此，西藏和四川交涉往复的文书，那个西藏人第一个知道，而第二个知道的便是德国领事了。

该领事是德国陆军中尉，据说他正在同中国官宪交涉，打算下次回国的时候取道西藏。

以上是皮革厂技师小西与驻成都诸位的谈话摘要。我们没有找到与德国领事会面的机会。不过听了这番谈话，总觉得德国过于活跃。

下岷江

十月十日。

在阴沉沉的天空下,我们告别成都。从小西家背后,坐小船下锦江。锦江两岸,芒草花迎风摇曳。

穿过九眼桥,经过回澜塔,从望江楼下通过。成都城渐渐消失在芒草的花丛中。我们插在船上的日章旗,迎着秋风翩翩翻飞。

锦江就是传说中那条洗濯蜀锦的蜀江。江清,水静,在成都南部汇入岷江。

岷江发源于岷山,向东南流至灌县分流,灌溉四川盆地,在成都南部与诸水合流后南下,在嘉定城南与大渡河汇合继续往南,在叙州与金沙江合流后水量大增,成为长江向东流。

白乐天在《长恨歌》中唱道,"蜀江水碧蜀山青",这个蜀江大概指的就是锦江和岷江吧。岷江在叙州与金沙江汇合后变得黄浊不堪,而成都至叙州段的岷江流域真的是蜀江水碧蜀山青。我们眼下坐在小船上,正是在这段岷江上漂流。

船长五间左右,是一种被称作半头船的小民船。船是小西在我们离开成都的前一天为我们租借的。从成都到重庆,包船费用十八元五角。饭在船上吃。船老大是一个肩

四川素描

膀挺阔的五十来岁的老汉。他既是船主又是舵手。他儿子是一个十七岁的少年，另外有两名划船的水手。

蜀国的秋天静寂无声，岷江的水流波平浪静，两岸的芦花纷葩烂漫，眼前的风景美如画卷。我们沿着这条宁静的岷江水顺流而下。一想到终于要离别而去，一股旅愁突然袭上心头。

蜀国的秋天令人触景生情。回头一看，七月一日从上海出发到香港，从香港到海防，从海防到牢该，从牢该过桥进入云南省的河口，从河口坐火车到云南省城，然后在八月九日终于离开云南省城开始徒步旅行，至九月三十日抵达成都为止，踏破海拔一万尺的云南连峰，在自流井寻找四川的富源，登峨眉山展望金顶之壮观。千变万化的大自然和变幻莫测的大世界拍打我身，令我不得片刻松弛，神经紧张地坚持了百日旅行。今天，我终于离开成都，踏上回上海的归途，寄身于民船，静静地随着宁静的岷江之水漂流。芒草间传来阵阵虫鸣，一股旅愁油然而生，莫名的眼泪扑簌簌掉了下来。这也是一种悲凉的感觉，如同发射出去的焰火冲向最高处叭的一下打开后开始下落，并渐渐消失的那种感觉。在长江二千哩的上游，随江水漂流，就连美丽绽放的芒草花簇也给人凄凉的感觉。

这天傍晚，在一个名为苏家屯的小码头停泊。

十月十一日。

尚未天明，就从苏家屯解缆启程了。经过古佛洞、彭山县，于傍晚时分抵达眉州。停泊。小雨不停地下，没能探访苏东坡父子的遗迹真是遗憾至极。

十月十二日。

黎明,从眉州出发,过青神县,午后进入平羌峡。两岸的山隔江对峙,河水平静,风光迷人。

傍晚抵达嘉定。上岸去邮局盖邮戳留作纪念。购买书籍及蜡人儿。

悲壮的决意

十月十三日,离开嘉定的日子。早上,船老大要求我们换乘其他船只去重庆。说是已经跟那条船商量好了,我们不用付船费,只坐就行了。也就是说,我们从成都坐过来的那条船要在这里掉头回成都。我们姑且听了船老大的话,先查看了我们要换乘的船。那是一条大型的民船,但不是客船是货船,还有数名中国乘客同船,而且脏乱不堪。原来,我们那条船的船老大欺骗我们,让我们坐货船赚差价,自己却由此抽身返回成都。我瞪着船老大,断然拒绝换船,告诉他如果船不能到重庆,那就还我们船钱,并支付违约金十元。船老大闻听此言,赶紧取消他的计划,说按约定送我们到重庆,并请求我们原谅。如果按约定到重庆,就无所谓原不原谅了。我松开了紧握着的拳头。船老大说想去买点东西,让我们等一下,随即带着其他三人离船而去。可是,我们左等右等都不见上街购物的船老大回来，就这样，时间来到正午。我们终于耐不住性子了。船老大肯定是置船于不顾，躲藏了起来。他或许认为这样一来，我们只好去坐那条到重庆的货船。谁会因这种愚蠢的事情认输！好吧！我们把船开走。这条船是约好载我们去重庆的船，我们理所当然地拥有乘这条船去重庆的权利。没有船老大没关系。我们三人划着去。我等是日本男儿！我们怎么能输给中国的船老大。于是我们拿定主意，划着这条没有船老大的船，来一次从嘉定至重庆的为期四天的长江之旅。这是一个悲壮的决意。启航之前，我们再一次眺望码头，最终不见船老大等人的身影。于是，我们下定决心，打开大折叠刀，将缆绳斩断。那是拇指粗细的竹绳，扑哧一声断掉的同时船被推离岸边。试着撑了一下船，水流湍急，船身沉重。在停泊着的船只间穿行，沿江岸而下。船行不远就听到岸边有人大声嚷嚷着奔跑过来。抬眼一看，是船老大他们。好像是在叫我们停船。但我们没有靠岸，而是沿着岸边直接把船划到南门外的码头。不一会儿，船老大等人追赶过来，不顾一切地爬上了船。大概是舍不得这条船吧，他们二话不说先跳上船来。船老大对迟到进行了各种辩解，但他的辩解显得有些多余，其所作所为已经说明了一切。他另外租来一条船，船上堆放着大量的米，还有其他几名乘客。原来，与我们协商不成，他做出开船去重庆的决定后，赶忙租了一条船，买来大米堆在上面，还搭乘了几个去重庆的乘客。在重庆，大米的价格很高，他想在嘉定低价购米运到重庆赚一把。于是，他又是买米，又是租船，因此耽搁了半天时间。对船老大来说，出发的时间早点儿晚点儿无所谓，他们不在乎时间，只热衷于挣钱的活路儿。可是，对我们这些一心只想尽量欣赏沿途风光的人来说，一刻值千金。本该黎明时分出发的，可拖到正午还不见船老大的身影。本来就性急的我们，终于耐不住性子斩断了船缆。仔细想想，相互间都没有过错。于是解缆起航。时间已过正午很久了。

在嘉定南部，大渡河与岷江合流。

佛头滩

岷江与大渡河的水汇合之后水量陡增，水流湍急。急流在嘉定城南向东拐直冲凌云山而去，在那里形成佛头滩。此滩，水波飞溅，激流涌动，是岷江上的第一个河滩。岷江水在成都至嘉定河段浪恬波静，两岸的芒草花随风缭乱。所有这些，使得蜀都的那份宁静凸现出来，而来到嘉定城南，岷江与大渡河合流之后水量猛增，在群山间忽左忽右地奔腾向前，时而还撞击山体形成河滩。岷江上首个大河滩便是这个佛头滩。在这里，航行艰难，因此，在河流冲击的凌云山山崖上刻大佛，以祈求河水平静下来。这便是凌云山的大佛。从河上仰望大佛，那背靠山崖镇坐于水上的姿势，宏伟高大。只是大佛四周长满杂草树木，不能看得十分清楚。不过，我觉得，这反倒增添了几分幽玄神秘的色彩。

嘉定至凌云山、乌有山这段岷江水的江畔，山水诱人。

过沙板滩时看见盐井。当地人多以制盐为生，从江畔至山上，天车林立，熬盐的地方，白烟袅袅。

十月十四日，早晨经过岔鱼寺滩。

此滩浪高水急。我们的船，随波摇晃，左倾右斜。我起身看水面，船老大赶紧叫我：坐下！坐下！从入滩到出滩花了五分钟时间。

四川素描

过犍为县。县城在右岸。这一带的景色非常漂亮。

傍晚，抵达叙州。停泊。入夜，船只停靠的地方传来中国人的喧哗声、怒号声，吵得心烦。

进入长江

十月十五日，拂晓出发，离开叙州。

岷江之水与金沙江水合流后浑浊起来，呈褐色。两江水流汇合处，岷江的绿色与金沙江的褐色二色分明，形成一条清晰的分界线。此线逐渐模糊，岷江的绿色也随之消失，河水变为褐色。这便是长江水的颜色。

日暮时分经过泸州。泸州没有城墙。过泸州后在幽暗的长江上顺流而下，只见有民船乘风鼓帆逆行而来。长江夕照！好一幅如画的美景。当天，在一个荒无人烟的岸边泊船过夜。

十月十六日，夕阳西下时在龙门滩靠岸泊船。

重　庆

十月十七日，黎明时分出发，过江津县，正午到重庆。

从江上第一次看到重庆的感觉，就像是把香港改为了中国风的那种感觉。高山逼近江畔，江畔便是码头，民居从江畔重重叠叠直至山上。在无数的中式建筑中高耸着的西洋建筑占据了最佳位置。城墙顺着岩头横亘山岭，蜿蜒起伏。长江的对岸，有五六根烟囱矗立。那就是铜元局。江中停泊着两艘军舰。

我率先一步上岸，爬石梯进城，前往领事馆见坂口警部，告诉他我们到重庆了。然后去日本人协会见宫坂九郎，他不在，他夫人代他接见了我，并安排住在协会附属的俱乐部里。我立即返回船上，随后，三人一起下船前往俱乐部。当天晚上宫坂氏招待我们享用了晚餐。被灌了很多酒，搞得有些狼狈。

下 三 峡

瞿塘峡口（三峡）

踏查图（6）重庆至宜昌

离开重庆

十月二十一日,正午,从重庆出发,乘民船下长江。

我们包下一条民船,打算以此下三峡。在民船上飘扬着日章旗顺流而下的心情无以言表。

行驶二十里,在税关检查站接受检查。再行不久,夜幕降临,在一个无名之地停船过夜。

我们雇的船老大年龄四十出头,他带着一个小孩儿,说是他的儿子。那个孩子十四岁年龄,跟船老大一起摇橹。船一靠岸,他随即上岸,顺着昏暗的路一溜烟跑开。过了一会儿,领来一个十岁大小的孩子,说是他的弟弟。原来,船老大的家就在这儿附近。因此,我们明白了船老大把船停在这个无名岸边的意图。小孩儿跟他带来的弟弟并枕躺下,相谈甚欢。

十月二十二日,下长江。

这一带风平浪静,附近的景色也缺少诱人之处。终日躺着,难得起身。

傍晚抵达丰都县。停泊。

十月二十三日。一早起就是晴天,心情为之大好。

从石宝寨下经过。石宝寨是修建在巨岩上的一座城堡,村民遭遇贼寇袭击时据守此地。巨岩沿江突兀耸立，城堡建在岩石顶上。岩石一隅，有一座九重塔形状的阶梯拔地而起，沿阶梯可以从山麓爬上山顶。这一带的山水普通平凡，但独傲江畔的石宝寨乃长江上的一大奇观。

入　滩

来到破滩。这是自重庆过来遇到的首个大河滩。河水卷起旋涡，汹涌奔腾。岷江上的河滩，就连那个巨大的佛头滩也只是水流湍急、波涛起伏罢了，而长江上的河滩并非波起浪涌那么简单。它深不见底，水流会卷起巨大的旋涡。小船一旦被卷进旋涡，那就逃不脱船翻人亡的厄运。我们的船眼下就来到了这样的河滩。

船老大让我们猫腰待着，他试图避开旋涡。这些旋涡与龙卷风一样，神出鬼没，捉摸不定。入滩不久，船的左侧就出现了一个大旋涡。船刚靠近旋涡边缘，就被卷入涡心，船老大号叫着把舵，水手们玩命地划船，试图逃离旋涡。然而，奈何不得大江之水的力量，最终被卷入涡流。水手放下船桨，听天由命。船进入涡心，随即向左骨碌碌地打转。转了三圈后停了下来。被卷入这个擂钵状旋涡底部旋转三圈，感觉就像转了十圈二十圈一样。涡流平静下来，船止住旋转后，船老大一声号令，水手们一齐站起来操桨划船。他们要赶在旋涡再次卷起来之前离它而去。不久，我们离开危险区域。神安气定之后，回头一望，刚才我们离开的那个旋涡平息之地，江水迸发般地掀起波浪，来势汹汹。听说，船只遇到这种巨浪，凶多吉少。旋涡平息到再生要经过一段时间，船只要趁这个时间赶紧从旋涡里划出来。我们的船在头滩就被卷入了旋涡。所幸的是，我们平安逃脱，越过了险滩。我们那紧绷的心松弛了下来。

下午，抵达万县。把船停在港口上岸游览。万县是通往成都的陆路要冲。因三峡的陆路难行，长江下游一带前往四川的人都从宜昌坐船溯三峡到万县上岸，然后步行去成都。这个比到重庆上岸步行去成都要快一些。因此，万县自古以来作为四川的门户非常发达。看样子正在进行城市改造，街道翻新扩建。新修的商店摆放着大量的外国商品。

前往邮局盖邮戳留作纪念。

离开万县继续下行，在一个名为小江的地方靠岸停泊。

夔府古城

十月二十四日，清晨，在黑暗中启程。

兴隆滩这一危险之地也是在我熟睡期间通过的。

十点左右到达夔州。在城下系船登陆。杜甫《秋兴八首》中的著名夔府古城位

夔州府城（三峡）

于江畔的山上。山后有卧龙山，远处有白帝山、赤岬山和白盐山。赤岬、白盐二山隔江突兀对峙，形成一大峡谷，江水至此突然变窄，汹涌怒号，奔腾向前。这就是三峡中的第一峡瞿塘峡。

遥望着前方的瞿塘峡，我们将船划到左岸的夔州城下。夔州城的城墙，在距水面八九十尺的半山腰上。从江上仰望，只能看见城墙沿着山坡蜿蜒盘旋。据说，清同治九年（1870）江水猛涨，没过城墙，冲走南门，淹死众多居民。夔州城内因此受损的景观尚未完全复原。

上岸进城，到邮局盖纪念邮戳。邮局的跟前就是城墙，城墙俯临长江。长江从西边流来，到夔州城下为止，河道宽阔,河水浩荡。但就是这条长江,在白帝山下却突然变窄,流入瞿塘峡。

府城后面的山,名卧龙。据说诸葛孔明曾在此屯营。山上有诸葛祠。

府城北面的群山沿江由西向东渐次走低,在其最低处的江畔有一塔耸立,这便是文风塔。塔前有一条小河注入长江,河对岸坐落着馒头形状的山,山顶树木枝繁叶茂。那便是白帝山,即白帝城的遗址。白帝城原名赤岬城,后汉时,公孙述占据此地改称白帝城。

白帝山后方,赤岬山屹然高耸,与白盐山隔江相望。两山对峙,形成瞿塘峡关门。

正午,乘船离开夔州前往白帝山下。白帝山位于瞿塘峡口的左岸,山下的峡口处有个滟滪堆。

三峡素描

滟滪堆

滟滪堆是长江瞿塘峡口踞于江心的一块巨石。自江底的高度不得而知，但据说，枯水期露出水面数十尺，涨水期又没入水中数十尺，仅将其背部露出水面。下长江的人，根据这个滟滪堆露出水面的高度来把握峡水汹涌的程度，思考如何将船驶入峡口。

> 白帝城西，江中有孤石。为淫预石。冬出水，二十余丈，夏则没。
>
> 《水经注》

古时，滟滪堆被称作淫预石，写作淫预。冬季枯水期，露出水面二十余丈，夏季涨水期则没入水中。话虽如此，但要全部没入水中除非长江发大水。不过据说涨水时也淹到过夔州城墙，因此，完全淹没的可能性也不是没有。

> 滟预堆，周回二十丈，在夔州西南二百步蜀江中心瞿塘峡口。冬水浅，屹然露百余尺。夏水涨，没数十丈。其状如马，舟人不敢近。又曰犹豫。言舟子取途不决水脉，故犹豫也。
>
> 《太平寰宇》

这就是说,滟滪堆以前名曰淫预,还被称作犹豫。开船的人根据它露出水面的多少来考虑如何进入峡口,并常常为此犹豫不决,故取名犹豫石。淫预也好,犹豫也罢,其名不够风趣,因此,后世文人称之为滟滪堆。如今,滟滪堆已是通称。无论如何,依据这块石头露出水面的情况决定行船路线古今相同。梁简文帝的淫预诗曰:"淫预大如幞,瞿塘不可触。"意思是说,滟滪堆露出水面的部分只有头巾大小时瞿塘峡口的江水非常危险。还有如下记载:

> 蜀之三峡,最号峻急。四月五月尤险,故行者歌之,曰:淫预大如马,瞿塘不可下;淫预大如牛,瞿塘不可留。

《李肇国史补》

三峡素描

横穿涡流

离开夔州。行船去白帝山下,必须从滟滪堆的一侧经过。长江之水流至滟滪堆,击岩撞石,掀起波澜,卷起旋涡,翻转逆流。这便是峡口第一危险的地方。

船离开夔州岸边来到江中。我们要先横渡长江到江的对岸,然后顺着江水右侧行至滟滪堆下方,再横渡长江回到左岸,在白帝山下停靠。我们在滟滪堆下方横渡时遇到了险情。滟滪堆的下方,江水逆卷,播弄我们的船,使之在原地盘旋。在宽阔的河道上洋洋洒洒流淌过来的长江之水,在距瞿塘峡口不远的地方遭遇河道变窄,江水没有足够的排泄通道,便汹涌奔向峡口。而峡口处有滟滪堆阻挡去路,江水便卷起旋涡滚滚倒流。一处刚出现水壶状旋涡,相邻处又涌出山一般的波涛。无论是水还是山,都露出一副暴虐疯狂的恐怖模样。

我们的船就是划进了这个滟滪堆下方的巨大涡流。船直接被卷入旋流,扯入涡心,被紧紧地吸在那里不得动弹。就这样任旋涡摆弄。船被涡流转了两圈、三圈,转速越来越快,水手们停止划桨,与我们一起紧紧趴在船底。船老大独自一人手握船舵瞪着水面,等待旋涡平静下来。旋涡一停,船老大立刻发出号令,水手们一齐操桨划船。号子声威猛嘹亮,与船老大的怒号声和江水的波涛声和谐交响,好一个勇武雄壮的场景。穿过旋涡,横渡急流,以左岸一块突出的岩角为目标前行。水流湍急，船行似箭，眼看着就要撞上那块岩角。就在这千钧一发之际，船老大猛地往右转舵，船往右拐了个大弯避开了岩角，然后再往左拐弯，进入岩石的背阴处。这里，江水平缓，回流形成一条小河。船静静地停了下来。我们悬着的心也放了下来。真不愧是在三峡中成长起来的船老大。船老大真是了不起！这次经历令我们对船老大心生敬意。

登白帝山

将船停靠在山下，上岸爬白帝山。

白帝山是一座高三百尺的山。山腰有观音庙，面朝西。山顶树木繁茂，林中有庙宇。那便是昭烈帝庙，祀奉刘备。现在称白帝寺。庙内还有武侯祠，祀奉孔明。

城峻随天壁，楼高望女墙。江流思夏后，风至忆襄王。

老去闻悲角，人扶报夕阳。公孙初恃险，跃马意何长。

这是杜甫的诗《上白帝城》。杜甫晚年在夔州。估计那个悲愤慷慨的杜甫，经常登上白帝山，俯瞰长江之水悄然落泪，眺望夔州孤城思念京华。据传，那著名的《秋兴八首》也是在夔州时创作的。

杜甫的秋诗八首（成都草堂）

唐代宗永泰元年（765）五月，杜甫离开成都草堂寺的寓所南下，六月到忠州。秋日到云安，待了一段时间。第二年，大历元年（766）春，从云安迁往夔州。当时，五十五岁。之后，他一直在夔州待到大历三年（768）正月。虽然人在夔州，但时而住西阁，时而居赤岬，又时而瀼西时而东屯，居无定所。就这样，在大历三年正月，离开夔州顺江而下，三月至江陵，秋季迁往公安，冬天到达岳州。然后在大历五年（770）的秋天，再乘船下长江，途中死于船中。享年五十九岁。"秋，舟下荆楚，竟以寓卒，旅殡岳阳。" 由此看来，他可能是在船上喝了酒，突发脑溢血倒下的。杜甫的诗悲壮慷慨,但时而又哀怨切切不忍卒读。然而这些诗,却是杜甫一生的真实写照。

杜甫在夔州寓居写的诗,每一首我都喜欢读,尤其对《秋兴八首》情有独钟。登上白帝山,遥望夔府城,放声吟诵《秋兴八首》的诗句,百感交集,时时言不成声。

杜甫的《秋兴八首》中有一首"夔府孤城落日斜"的诗。

> 夔府孤城落日斜,每依北斗望京华。
> 听猿实下三声泪,奉使虚随八月槎。
> 画省香炉违伏枕,山楼粉堞隐悲笳。
> 请看石上藤萝月,已映洲前芦荻花。

这大概是杜甫登上白帝山眺望夔州城时的感怀。在白帝山的西方,夔州城坐落在半山腰上。长江水洋洋洒洒流经城下。夕阳映照古城,那风光,在任何人眼里都是一首诗。胸怀万斛之愁的杜甫,眺望着这般景色,将思绪寄托于《秋兴》。当我站立山头放眼夔州古城,对他的心情有了真实的感受。当时的那种感慨,我终生难忘。

> 荒凉废堞没春耕,但见牛羊日西平。

这是宋肇有关白帝山的诗。山如其诗,荒凉凄清。废墟依旧,尽显历史沧桑。此山高出长江水面三百尺,山腰以下多为岩头断崖,山脚立于长江水中。

山的中腹有一座面朝夔州的观音庙，那里有个岩洞，洞中躺着一尊旧的木雕人像。山腰处树木稀疏，往上逐渐增多，至山顶处，树木成荫。树木以柏树居多。透过柏林看见一堵白色的墙。

绕山腹到东面，从那里登顶。路为石梯。石梯很旧，有破损，长满青苔。路的西侧，树木繁茂。顶上有山门。山门两侧，厢房的白墙与房顶的黑瓦，在周围绿树的陪衬下，妙不可言。一进山门，殿堂楼阁映入眼帘。建筑破败不堪。庭院，规模虽小却充满风趣。一老僧出来接待我们，还给我们讲了许多往事。这个庙宇就是昭烈帝庙，据说现在俗称白帝寺。庙内有武侯祠，并祀昭烈皇帝和诸葛孔明。这一点与成都的昭烈帝庙及丞相祠堂相同。

陆游的《入蜀记》有记载曰："谒白帝庙，气象甚古，松柏皆数百年物。有数碑，皆孟蜀时所立。庭中石笋，有黄鲁直建中靖国元年题字。"但此行没有找到这样的碑。如今见到的都是明代以后的碑刻。松柏的树龄也不大，超过百年的树木不得一见。

白帝城

白帝城原名白帝庙，是供奉公孙述的庙堂。明正德七年（1512），巡抚林俊毁掉公孙述的塑像，改奉马援及河神、土神，更名三功祠。明嘉靖十年（1531），又改奉昭烈帝像，并配以孔明像，曰正义祠。嘉靖三十六年（1557），

三峡素描

又添关羽、张飞像,称明良殿,直至今日。也就是说,昭烈帝庙是本殿,此外还配有供奉诸葛亮、关羽、张飞的殿堂。可是,眼下,只有昭烈帝庙和武侯祠,没有祭祀关羽和张飞的祠堂。因此,一般都按以前的说法,称其为白帝寺。白帝是公孙述的帝号。

更始元年(23),公孙述起兵四川,挫败当地寇贼宗成,还打败汉将李宝、张忠,威风大振。更始二年(24),大臣李熊对公孙述说:"蜀地沃野千里,土壤膏腴,果实所生,无谷而饱。"劝他占地为王。公孙述随即依仗四川的四方天险、丰沃土地、人多而自足等特点,于建武元年(25)四月僭立称帝。进而,崇尚白色的公孙述自称白帝,在鱼复,即现在的夔州筑城,曰白帝城。据说公孙述占据的山就是这座白帝山。山上曾有供奉公孙述的白帝庙,但明巡抚林俊废除此庙，改祀马援及河神、土神。这是对公孙述背叛汉朝据四川独立称帝的谴责。之后，在明嘉靖十年，又改而供奉汉昭烈帝和孔明于此。

刘备与孔明

站立白帝山顶遥望东方，赤岬、白盐两山断崖千尺，一北一南夹长江壁立。那就是瞿塘峡。两山一南一北蜿蜒连绵，形成天险，不可逾越。湖北至四川的交通，即古代楚国至蜀国的交通，只能依靠这条长江水路。因此，这条水路一旦中断，无论多么厉害的精兵强将，也无法进入蜀国。这条瞿塘峡水路，狭窄危险，易守难攻，实为一夫当关万夫莫开之地。因而，公孙述在蜀称帝时盘踞此地，蜀汉的昭烈帝刘备也将行宫定在了鱼复县即现在的夔州，并在此屯集军队。

汉建安二十四年（219）十月，吴国孙权袭击麦城杀害关羽。刘备大怒，蜀汉章武元年（221）七月，率诸军东下伐吴。孙权送书请和，刘备不许。章武二年（222）六月，刘备与吴将陆逊在猇亭对峙，战败后仓皇返回归州，聚集离散的士兵，最终弃船，取道陆路徒步返回鱼复。之后，刘备将行宫定在此地，将鱼复县更名为永安县，称行宫为永安宫。刘备盘踞白帝城，扼瞿塘之险，与吴军对峙。闻听刘备军队占据瞿塘，孙权也知道难以攻破，于是与刘备讲和。

然而不久，刘备疾病缠身，在永安宫去世。

章武二年十二月，刘备患病。章武三年（223）春，诸葛孔明应召从成都赶往永安。刘备病情恶化，于是把儿子托付给孔明。他嘱咐后事说："君才十倍曹丕，必能安国，终定大事。若嗣子可辅，辅之；如其不才，君可自取。"诸葛孔明流着泪说："臣敢竭股肱之力，效忠贞之节，继之以死！"刘备又召来继位的儿子，对他说："汝与丞相从事，事之如父。"还给儿子留下遗书说："朕初疾但下痢耳，后转杂他病，殆不自济。人五十不称夭，年已六十有余，何所复恨，不复自伤，但以卿兄弟为念。"还告诫儿子说："勿以恶小而为之，勿以善小而不为。唯贤、唯德，能服人。"章武三年四月，刘备于永安宫驾崩。时年六十三岁。五月，从永安移棺成都，谥曰昭烈皇帝。八月，安葬惠陵。惠陵，位于成都锦官城外，昭烈帝庙所在的地方。

大自然的力量

观中国西部的地势，山系以南北走向为主。在四川西部，大雪山山系从北向南延伸，形成四川和西藏的墙壁，向东环抱四川盆地。在四川的东部，还有一条重峦叠嶂的山脉从北向南延伸，形成四川与湖北的分界线。这座山，陡峭险峻，几乎无路可走，形成一道天然的大屏障。长江发源于遥远的昆仑山，由东向南流成为金沙江，再北流进入四川，与岷江、嘉陵江、涪陵江等水汇合，江水逐渐增大，滔滔东流,向这座在川东形成天然大屏障的山脉拍打过来。长江之水,切山绕谷,穿岩过峡,滚滚东泻。这条江水流经的峡谷便是三峡。三峡全长二百哩,这二百哩间全是高山。沿江断崖壁立,两岸山峰连绵。山体直立江畔,山脚直抵江面,其高度在二千尺至三千尺之间。从夔州的瞿塘峡至湖北归州的归峡,一山连一山,几乎没有中断。坐在船上仰望天空,青空犹如一条带子在流动。两岸的断崖上挂着瀑布,层林尽染的树林间传来猿鸣。我乘坐小船下三峡,仰望如带的青空,放眼两岸的绝壁,不禁感到大自然之伟大。不知始于何时,也许在数千万年以前,长江之水劈开这座大山,获得排水口,向东倾泻而下。一想到滴水都可以穿石,这条长江之水的力量也就失去了神秘的感觉。不过,那些挂在三峡两岸悬崖之上的红叶实在是美。红叶林间,到处有瀑布飞流而下。大自然未必只是人类的威胁,当你体会到它的美,那美也是永无止境的。

三峡之险

《大清一统志》记载说:"巫峡与西陵峡、归峡并称三峡。"也就是说,所谓的三峡是巫峡、西陵峡、归峡这三座峡谷的统称。[1] 巫峡不用说指的是巫山峡,西陵峡是夔州的瞿塘峡,所谓的归峡,是湖北省归州的诸峡,即兵书峡、牛肝马肺峡诸峡的统称。按长江水流方向,第一峡是夔州的瞿塘峡,第二峡是巫山的巫峡,最后是归州的

---

[1] 本书关于三峡名称的说法与中国现通行说法不同。——编注

归峡。出归峡不远,平野开阔起来,三峡结束。三峡的长度据说有七百里,即二百余哩。三峡七百里之间,两岸山峰接天,山体相连,不到正午见不到太阳,不到午夜看不到月亮。山上树木,青冈栎和柏树居多,悬泉瀑布飞漱其间,猿啼声声哀怨凄绝。

瞿塘、巫山、归州三峡之中,瞿塘峡雄壮伟岸,最为险峻;巫峡雄伟气派,最为美丽;归峡参差错落,最为奇特。

瞿塘峡在夔州东部。"瞿塘"的"塘"也写作"唐"。

> 旧名西陵峡,乃三峡门户。两岸壁立相对,江水贯流其间。滟预当其口。
>
> 《蜀水经》

瞿塘峡(三峡)

也就是说，瞿塘峡旧时称西陵峡。是三峡西边的门户。

> 瞿塘峡在奉节县东十三里，即广溪峡也。江水又东，径广溪峡，斯乃三峡之首也。峡中有瞿塘，其间三十里，颓岩依木，厥势殆交。中有瞿塘、黄龙二滩。
> 《大清一统志》

瞿塘峡旧称西陵峡，又称广溪峡，但之后改称瞿塘峡至今。瞿塘，本来是峡中的一个滩名，就因为它是一个著名的险滩，它所在的峡便得名瞿塘峡。

> 瞿，大也；塘，水所聚也。又秋冬水落为瞿，春夏水溢为塘。
> 《夔州府志》

大江之水滔滔东流，在夔州城东部冲击连山。赤岬、白盐二山屹立江水两岸，江水穿流其间。但水路狭窄，两岸断崖形成绝峡。水大峡小，而且峡口处还有滟滪堆挡道。江水击石形成旋流，随即奔腾进入峡谷。无论是春夏涨水，还是秋冬枯水，瞿塘峡都非常危险。"瞿"通"惧"，意思是极为恐惧，"塘"指积水的地方。我认为，瞿塘之名可能因此而来。

> 瞿塘峡在夔州东，古西陵峡也。连崖千丈，奔流

电激,舟人为之恐惧。

《太平寰宇记》

这段记载,意思是说,瞿塘峡,连崖千丈,江水奔流如电击。

> 入瞿塘峡,两壁对耸,上入霄汉。其平如削成。仰视天,如匹练。
>
> 《入蜀记》

这段记载,意思是说,瞿塘峡的两岸,断崖壁立,高耸入云。抬头仰天,细长的天空宛如一匹白绢。

瞿塘峡之后便是第二峡的巫峡。杜甫《秋兴八首》中的那句"巫山巫峡气萧森"就是描写的巫峡。因地处巫山,又称巫山峡。巫峡位于巫山县东,连峰并立,非常漂亮,得"巫山十二峰"之名。[连峰]在长江北岸沿江并立,与对岸的群山相崎形成峡谷,江水从峡谷间流过。这便是巫峡。巫峡全长一百六十里,即相当于日本的二里半[1],是

三峡素描

---

1 换算错误。应为 20 日里左右。

三峡中最长的峡谷。故有打渔人这样唱道：

> 巴东三峡巫峡长，猿鸣三声泪沾裳。

巫峡中也有险滩，但比瞿塘峡和归峡好很多。巫峡的峡谷尤其长，而且有巫山十二峰屹立江畔，风光优美，足以慰藉在瞿塘峡中受到惊吓的魂魄。估计这就是巫山神女传说产生的缘故。

穿过巫峡，在培石进入湖北省。之后的兵书峡、牛肝马肺峡等诸峡谷，统称为归州峡，因地处湖北省归州府的管辖范围内而得名。归州位于长江左侧。峡中多险滩，其中最危险的是新滩，与瞿塘滩并称为三峡中的险滩。归州峡中的群山不如瞿塘、巫山二峡的雄壮，山势也偏弱，但黄牛峡中的黄牛山等，山峰如笋簇立，实乃一大奇观。

出黄牛峡不久，两岸平地开阔起来，三峡就此结束。

进瞿塘峡

我们十月二十四日下午，从夔州白帝山上下来，乘船朝三峡第一峡的瞿塘峡进发。在峡口，江水偏左冲撞赤岬山的断崖。这里就是瞿塘峡的门户。左有赤岬山，右有白盐山，两山的断崖如高墙突兀矗立两岸。从水面到崖顶高约二千尺，山峰周围，白云缭绕。一进峡谷，阵阵强风从峡谷另一头呼呼地刮来。有船顺风扬帆从下游行驶过来。

逆卷翻腾的水咆哮着，狂扫山崖的风呼啸着，操舵的船老大吼叫着，划船的水夫们吆喝着，各种声音在峡谷中响彻回荡。气势磅礴，景象壮观。这就是所谓的风箱峡。

下三峡的船，只需要顺着江水的流向操舵，避开涡流之危险就行了，而溯江的船仅靠操桨划船是无法前行的，需要在船上系上纤绳，用人力拉着走。拉纤的人，依船的大小数量不定，一般要二三十人。上滩时，还要雇临时纤夫，有时得要一百多人来拉船。就因为这些人在岸上拉纤，江岸边出现了路。他们在江岸的山崖间、岩石上爬上爬下拉船。有顺风的话就尽量加以利用，扬帆航行。峡谷中，风比较多，这一点还算是方便。

瞿塘峡，江水两岸断崖壁立，有的地方，没有适合拉船的路。水流湍急，山路狭窄，没办法使用很多的人来拉船。在这种地方，唯一让船上行的办法就是利用自然风力。风箱峡便是这样的地方。所幸的是，峡中经常有大风，船只让风鼓起船帆往前行。假如没风，船就停在峡谷的下游等待起风，有时要等三四天。

一进入瞿塘峡口，长江之水卷起巨大旋涡。惊涛拍岸，激流盘旋，江水在断崖岩头间奔腾翻滚。这又是一个深不见底的峡谷，估计深达好几百尺。峡中水量巨大，以惊人的速度盘旋奔腾。第一次开船驶入这里的人，仅看一下这种阵势，便会吓得魂飞魄散。

我们三人乘坐的小船，就是进入的这个瞿塘峡。我们只能委身于小船，把命运托付给船老大了。

一进峡谷,小船便被冲进旋涡。船一进入涡心就跟着旋涡骨碌碌转了几圈。旋涡的转动停止那一瞬间,水手们一齐划船,躲过了随之而来的巨浪。逃离一个旋涡又来一个旋涡。船老大和水手们拼命躲避,但与大自然的力量相比,人的力量极其渺小,我们再次被卷进了旋涡。被转了几圈后又逃了出来。进旋涡时出了点岔子,还差一点翻了船。在旋涡中打转时,小船倾斜,还差一点进了水。我们吓得魂不附体。就这样,我们在断崖相逼的峡谷中,闯过一个又一个的旋涡往下行。峡谷中,狂风咆哮,波浪滔天。一条大船乘风鼓帆逆行而来,与我们的小船在峡中相遇。我们的船想绕开那条上行的大船,不料大船的旁边出现了一个巨大的旋涡。为了避开大旋涡,我们差一点撞上大船。两艘船的老大都使出浑身的力气,一边把舵一边怒号。匪夷所思的是,我们的船却冲着大船照直开了过去。船老大目瞪口呆,急红了双眼。就在快撞上的那一刹那,我们的船向左急转,成功地避开了大船和旋涡。一直在船边猫着身子听着怒吼的我们,这时才发出了叫喊声。接着我们使劲地鼓掌:"太棒了!"我们竖起拇指说:"顶好!"受到称赞的船老大露出微笑。

巫山巫峡

一过瞿塘峡,西岸的山平缓起来。江水也平和了许多,就这样,我

们进入了巫峡。

日暮时分，抵达巫山县，在城下系船停泊。我们把船停在"且为朝云，暮为行雨。朝朝暮暮，阳台之下"的那座阳台山的山脚，做了个"巫山之梦"。

巫山县，战国时代属楚国所有，是巫郡的直辖地。据说故城位于现在的县城东部。战国时代，楚襄王在当地设置离宫，即楚宫，俗称细腰宫。楚王池、阳云台、高唐观等是当时的遗迹。宋玉赋中的"游阳云之台，望高唐之观"，就是说的这个楚宫。

巫山神女

神女庙，在巫山县东三十里，巫山十二峰中的飞凤山脚下，供奉着传说中的巫山神女瑶妃。一说瑶妃乃西王母之女，称云华夫人，助大禹驱使鬼神，斩石开峡，疏通河流。一说赤帝有一女，名瑶姬。未嫁而卒，葬于巫山之阳，故曰巫山神女。楚襄王游高唐，梦遇女神。为此在巫山之南设观将神女供奉，号之朝云。其后，唐仪凤元年（676），改称神女祠。宋宣和元年（1119）改名凝真观，宋绍兴二十年（1150）将瑶姬封为神女，改称妙用真人。

如上所述，关于巫山神女有两种传说。其一是，神女为帮助大禹治水，驱使鬼神劈山开峡；另一个则是，神女以处女之身，纯洁无垢地死去，楚襄王心生爱慕，在梦中与之

巫山夜泊（三峡）

巫山县城（三峡）

相会，了却自己的心愿。第二个传说带有几分浪漫色彩。

夏禹治水是传遍中国大江南北的民间故事。据传，在三峡中，瞿塘峡也是大禹开山通水的。还有巫峡，大禹借助神女，驱使鬼神劈山开峡。有一个词叫鬼斧神斩，即斩断岩石，开山通水的意思。帮助大禹治水的神女就是利用鬼神来斩断大山的。总之，第一个传说就是通过大禹和神女这样的架空人物，来体现治水的要领，同时展现大自然的威力。

至于楚襄王梦遇神女的传说，则与神女治水的传说大异其趣。这个传说表现的是巫峡山水之美带给人们的喜悦之情。可以说，它是一首原汁原味地表现大自然之美与人生之乐完美结合的诗歌。

唐李白在《清平调词》中吟诵道："一枝浓艳露凝香，云雨巫山枉断肠。"刘廷芝的《公子行》中有"倾国倾城汉武帝，为云为雨楚襄王""愿作轻罗著细腰，愿为明镜分娇面"等诗句。"云雨巫山"这个词，经常被中国的文人诗人用于男女缠绵的场景。

中国的小说和新闻也经常利用这个巫山典故，有云雨之情、阳台之梦、云收雨散等说法。借巫山神女与楚襄王的情事来形容男女情事之美好感觉已成为惯例。

巫山的神女自不必说，楚襄王做梦一事恐怕也是传说。只不过，这个传说，在一千年甚至于两千年后的今天依然脍炙人口，这就有意思了。估计是因为巫山的群峰美丽自然，巫峡的江水静如处女的缘故。瞿塘峡中，断崖绝壁矗立两岸，令人瞠目，而巫峡的群山，起伏舒缓，那曼妙的曲线倒映江中。瞿塘峡水，激流盘旋，波涛汹涌，奔流惊魂，而巫峡的水，平静如梦。如此这般，在瞿塘峡的险滩与死亡的恐惧搏斗过的人，一旦接触到巫峡那秀丽的山、那平和的水，无论是谁，都会感到自然的美好与人生的快乐，都会产生梦戏人生的想法。捕捉到这种心情的，大概就是那个关于巫山神女的"云雨阳台"的传说吧。

巫山十二峰

十月二十五日，上午九点，从巫山出发。

我们的船在巫山城下一离岸就直接驶入巫峡。杜甫的诗句"玉露凋伤枫树林，巫山巫峡气萧森"，就是说的这个巫峡。

巫峡的枫树完美地体现了浓浓的秋意。山崖间低垂的红叶绮丽如画。巫山连峰将其美丽的线条垂入江中。择其重要山峰十二座命名为巫山十二峰。山体露出水面二千尺左右，山峰呈锥形，山上树木茂密。江面宽三百尺左右。两岸，山坡平缓；江中，水流平静；峡中的风光，美妙绝伦。

这便是巫山十二峰。所谓的巫山就是这些山峰的总称。称其为十二峰并非只有十二座山峰。那是一个群峰，由好多座美丽的山峰簇拥而成。从这些山峰中选出主要的十二座，分别命名为望霞、翠屏、朝云、松峦、集仙、聚鹤、

巫山十二峰（三峡）

净坛、上升、起云、飞凤、登龙、圣泉等。十二峰都位于长江北岸。

  过巫山凝真观，谒妙用真人祠。真人即世所谓巫山神女也。祠正对巫山，峰峦上入霄汉，山脚直插江中，议者谓太、华、衡、庐，皆为此奇。然十二峰者不可悉见。所见八九峰，唯神女峰最为纤丽奇峭。

《入蜀记》

这段记载意思是说，巫山十二峰，峰峦高耸入云，山脚直插江中，纤丽奇峭。据说泰山、华山、衡山和庐山不

175

能与之媲美。从水面突起的峰峦直指天空，如此风景，摄人魂魄。

进归峡

来到培石，巫峡结束，进入归峡。培石是位于长江右岸的一个小乡镇。培石西侧有一条小溪，那就是四川与湖北的分界线。

峡谷右侧有一条小河，水上架桥，题"无夺"二字。这条溪涧河水清澈无浊，向我们那双连日来面对长江黄浊之水的眼睛展现出碧绿的美色，实在养眼。河水与江水，色彩分明，形成一道分割线。与长江的浊流相邻，使这条河水的绿色显得更加地浓郁。

下午三点抵达巴东县。在县城下停船上岸。这是一个孤寂的县城，只有一条街，没有城墙，居民有三百户左右。

离开巴东县，进入八斗险滩。这里有巨大的涡流，旋涡又大又深。船只进入旋涡中就像进入了谷底的感觉。船在谷底随涡流骨碌碌打转。水手们卧在船中等待旋涡平静。我蹲在船舷边紧紧捏着一把汗。看似江水真的会将小船掀翻。旋涡一平静下来，水手们便齐刷刷起身奋力摇桨。船总算脱离了危险。回头一看，就在那个旋涡的地方，水流掀起一座大山。我们的船，如果迟一步逃离旋涡，肯定会被腾空而起的波涛掀翻。

空舲峡(三峡)

傍晚路过归州。县城位于长江左岸。城下被称作人醋瓮,是峡中的一个危险之地。江中乱石突起,涨水期激流汹涌,形成险滩。据说眼下水量稍减,危险性不大。

在归州下游的一个小县城停船过夜。

十月二十六日,一觉醒来,天色已开始发白。令人吃惊的是,船停泊在与昨晚不同的另一个地方。问船老大这是何处,回答说是空舱峡。说是深夜把船开出来停到这里的。也就是说,新滩、牛肝马肺峡以及空舱峡,都是在睡梦中经过的。我们责备船老大不经商量就擅自挪船,可是又不能把船划回去。船老大一心想着早点到达目的地,而我们想的是尽量多地欣赏两岸风光,在这一点上,我们的矛盾不可调和。白天在船上,我们不断地让船老大停这儿靠那儿,因此,船老大钻了个空子,趁我们睡觉,半夜开船。对此我们束手无策。就这样,峡中的险滩新滩、风光壮丽的牛肝马肺峡等,我们经过了而没有获得任何体验,无限遗憾。

船停靠在空舱峡的下游处,空舱峡在此结束。从此往下,长江河道开阔起来,江水洋洋洒洒,奔流向前。据说这里是德国军舰沉没之地。在峡中触礁的军舰来到这个峡口处没入江中。上岸,爬上峡口处的岩头举目远望,江水两岸,断崖相对而立;远方,山岳相连,白云掠峰飘浮。

太阳渐渐升起。为留作纪念,削下一片岩石带回船上。

黄牛山

离开空舲峡不久,船又驶入一个峡谷,这就是黄牛峡。这个峡谷,与瞿塘和巫山二峡相比,虽然缺少断崖峭壁之壮大景观,但峡中的景观之奇特,则位居三峡之首。两岸的奇岩怪崖连绵数十里,千态万状,或枕云,或柱天。这中间,黄牛山高出一头,群峰如竹笋并立,直插云霄。在远处看到它,在近处也看到它,远远离去还看得到它。因此,当地人歌曰:

　　朝发黄牛,暮宿黄牛,朝朝暮暮,黄牛之下。

船驶过黄牛峡之后一路下行,突然看见一艘高挂着日章旗的船逆行而来。肯定是我们的同胞从宜昌上来。我很想见见他们,于是让船提速,横渡河滩,向那条船靠了过去。向船老大一打听,才知道船上既无日本人也没有外国人。原来这是一条货船,估计是日清轮船公司的船只。

驶出黄牛峡,在平善坝接受税关的检查。往下游驶出不远,到三游洞,停船上岸,进入洞中。所谓的洞,其实是一条溪谷。进入谷中,但见河水清澈,其水色与长江之水截然不同。"水清如碧玉"就是这条河的真实写照。洞的深处有座洋房,据说是德国人的别墅。洞的半腰上有一寺院,洞中的水显得格外地绿。

走出三游洞继续下长江。两岸的山慢慢退去,四方开阔起来。江面猛然增宽,江水欢腾,好一副悠闲自得的模样。三峡就此结束。

不久,抵达宜昌。

行走古战场

玉泉山（当阳）

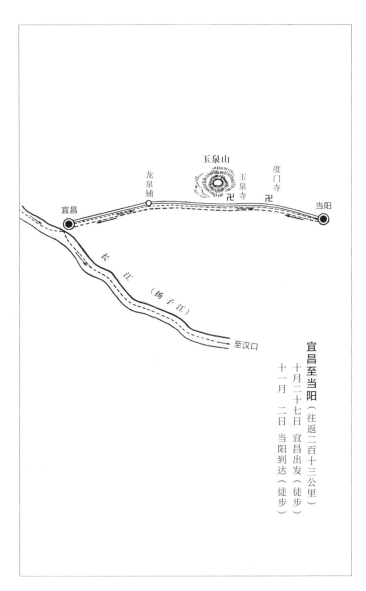

踏查图（7）宜昌至当阳

从宜昌前往当阳

七月一日,顶着夏季的炎热从上海出发,途经法属东京,在云南、四川游荡一百余日,下三峡到宜昌,这段云南、四川之旅总算告一段落。
这之后,只要乘坐长江上的客运轮船,哪怕是躺着也能回到上海了。可这样一来,路途变得索然无味。似乎还差点儿什么。这是我们三人共同的想法。时值十月下旬,秋风萧瑟,平添几分哀愁。尽管有些寂寥,但我还是不想回到上海那样的大城市。我想去能听到鹿鸣的秋山上漫步。我提议去哪儿走走,K君说去哪儿都需要钱。最后三人达成共识,没钱也去走走。于是我们决定,再次以山为目标,从宜昌徒步到当阳。当阳是著名的《三国志》中的古战场。关羽被孙权杀害后魂魄迷失方向的玉泉山,刘备、曹操军队为两分天下而战的长坂坡古战场,张飞横矛叱咤曹操大军的地方,一想到这些,我们便迫不及待地说走就走。十月二十七日下午两点,我们连换洗衣服都没带就从宜昌动身上路了。宜昌至当阳县一百四十里,约相当于日本的二十三里[1],往返约四十六日里,我们打算穿着一身衣服走个来回。

一行三人,一个是全发[2]的壮汉,一个是走路时抬着肩握着拳的奇人,一个是满脸胡须的怪人,这三人,总称

---

1 原文如此。

2 日本江户时代老人、苦行僧、医师等的一种发型。

为三男子。

四天的行程，我们打算总共带上三块大洋。换句话说，我们每天要走的路程是普通人的两倍，而要开销的费用只有普通人的一半。

在中国，身无分文出门旅行是绝对不可能的事情。没钱的话，连一粒米、一根火柴也得不到。对陌生人的同情，打着灯笼也难找。因此，我们首先是依靠自己的双脚，第二是凑了三个银元，因为无钱寸步难行。

即便这样，我们三男子还是意气冲天。在哪里睡，在哪里吃，这一切我们都不加考虑，只要活着，总会有办法。决心一下，我们走出宜昌寓所。

出东门，见川汉铁道的建设如火如荼。据说该铁道从宜昌沿长江，跨越三峡通往万县。从我们一路过来的经验来看，虽然我们走的是水路，但从沿江山岳的走势来看，宜昌至万县间的沿江铁道真的只是一个梦，或者仅仅只是一个纸上谈兵的计划而已。即或是那样，中国人居然制定了铺设计划，还开始动工修建，真有意思。土木工程基本成形，但这仅限于宜昌城外平坦的地区。据说从前年十二月开始动工以来修了仅一百二十里。中国人称之为十年计划，而居住在宜昌的日清轮船公司职员香月梅外却说，即使建成，也要到我们的孙子辈了。据说外国人都嗤之以鼻，认为这事儿不可能。把钱用在可能性微乎其微的事情上，并不计后果地付诸实施，这或许是中国式的做法。

徒步秋山

宜昌郊外的一座小山上有个寺庙，即东山寺，是一座白壁二层洋房。整座山上，都是馒头状土包。原来是坟！

日暮时分，在一家不知名的山中孤店吃了晚饭。店家主妇特意为我们生火煮了红薯饭。我们以两碗饭和生豆腐填饱肚子。饭后，店家主妇按一碗饭十六文，豆腐十四文，茶六文计费，一共收我们三人一百二十文钱。

饭后，我们又踏上山中小路。秋空晴朗，夕阳粲然。扬子江水在遥远的他方泛着银色的光。日暮降临，前途渺茫，今夜不知何处眠。急匆匆走山路，虽然秋天已近尾声，但我热得冒汗，口干舌燥。正在这时，一个身背篓子的老人进入我们的眼帘。M君发现他背篓里装着桔子，便欢呼着追了上去。拿起三个桔子递给老人二文钱。老人抓住他说钱不够，他挣开老人的手跑回来，给我们一人一个。我们吃下桔子恢复了元气。

又走了一会儿，看见地里有农民在挖红薯。我给他一文钱抓了三个大的回来。用水洗了洗，边走边啃。

夜幕降临

天完全暗下来。

我们还在步履艰难地走着。从宜昌过来不知走了多少路程，累得够呛。

来到一个小村庄，正好有旅店。我们去旅店看了一眼，决定住下，可是店老板直勾勾地打量了我们半天，说没有空房间。无论我们怎么求他，说睡哪儿都行，可他就是不答应。到末了，那老板喊叫起来。村里的人聚集过来看着我们。看到我们的头发、胡须和肩膀，他们叽叽喳喳地议论开来。

旅店里有一个十五六岁的美少年，发辫根部扎着红丝带，穿着红色的衣服。一眼就看出不是普通的小孩儿。那个少年在旅店的客房间走来串去。M君说他是这家的相公。

由于老板说无论如何都不能留宿，我们只好离开村子去别的地方。天已经伸手不见五指。在村里的商店买来三根蜡烛和一盒火柴，又在漆黑的秋夜路上漫无目的地一直朝西行。深一脚浅一脚地，不时陷入泥泞。心想找个破庙对付一宿，可是没有找到。

九点左右走到一座房前。那是一家茶馆。我们以迷路为借口，让他们留我们住一宿，可房主怎么都不肯。一家人聚在一起嘀咕了半天把我们推出户外关上房门。好像还在门内紧紧地上了锁。

茶馆的路边有一个庭院，里面摆着一些客人喝茶的桌子和凳子。桌子上躺着一个中国人。我们把凳子并排放在一起躺在上面，打算就那样过一夜。刚安定下来，一股寒意袭来，身子冷得无法入眠。M君起身，在茶馆端头的炉灶中生上火，将背贴在灶壁取暖。K君找到一间放草的小屋，钻进了草堆。我也起身烧火，但动静太大，赶紧把火灭了。结果，我们三人都没睡成。

我提议换个地方。于是，我们三人，各自从小屋中抱出一抱木柴和枯草，在夜色中默默地离开了那个茶馆。然后在幽暗的路上一阵狂走。能走到哪儿，我们谁也不明白。

露宿河滩

走了好一阵子，来到一条小河边。我们下到河滩生起了篝火。以枯草为床，以木柴为枕，三人呈三角形围着火堆躺下。天空星光闪烁，光亮投影水中。空气中没有一丝风。黑暗中，树木黑黑地杵着；小河里，河水潺潺地流着；虫鸣声听起来是那么地寂寞。还是无法入眠。我起身将露宿河滩的情景拍了下来。借篝火写日记。不久燃料用完了，可夜色依然深沉。露水滴落下来，湿了身上的衣服。河沙渐渐冷却。东方的山边露出隐约的白光。离天亮还早。我说是月亮，M君说是星星。他说启明星出来时，四方一下子就会亮起来。就在我们争论的时候，下弦月慢慢地从山那边升了起来。

将所有的枯草烧完后，我们围着最后那点火各自取暖。疲倦与困意一起袭来。想睡，可被露水打湿的身体冻得睡不着。露宿之身，苦不堪言。

有两个中国人赶着数十头羊过来，见我们躺在河滩上，以为是坏人，大声叫道：什么人？我们没有回应。那两人惊恐万状，慌慌张张赶着羊群走过去了。我和M君爬起来，K君依然躺着。我们一个披头散发，一个胡子拉碴，篝火映照出来的影子非常猥琐。我说像山贼，M君说山贼还算好的，简直就是河滩乞丐。

火完全熄灭。突然一下，黑夜的寂寥与寒气一起向身体袭来。三人一言不发地仰望着太空中的星星。我说咱们走吧，他们便应声站起身来。我们挪动着因疲劳和困倦而跟跄的脚步，在月亮照射下泛着微光的路上艰难行走。雨后的路，到处是泥泞。刚走的时候还小心翼翼，可走不多久，身体疲乏，步调混乱，不时踏入泥泞，啪的一声，泥水四溅。"我去！"管他是泥还是水，我打起精神，调整步伐，雄赳赳地往前走。可是，走着走着，我的腿没了力气，走不稳当了。

天　明

东方的天空泛起了鱼肚白。先是橙色，然后变黄，再就发白了。不久，旭日东升。在朝阳照耀下，山野从睡梦中醒来。草叶的尖上，晶莹剔透的露珠非常迷人。睡意虽然减弱，但脑袋疼痛，饥肠辘辘。

这里是一片野草地，秋意仍然浓厚。芒草、胡枝子、桔梗等多种秋草正处在旺盛期。秋天的原野，如梦幻般美丽。虽然我们拥有共同的感觉，但谁也不说话，只是默默地前行。

凌晨五点，来到一个名叫龙泉铺的小村镇。我们首先寻找食物。街上的人大多还在睡梦之中。终于，我们看到一家饭馆有人起来生火。请他赶紧给我们煮饭。我们在椅子上落座后，倦意和困意一并袭来。我们将凳子拼起来，躺在上面进入梦乡。

在"饭好了"的叫声中睁开双眼，回过神来一看，已是早上八点。睡了两个多小时。元气恢复。洗脸用餐，饭很香。黑色的米饭，还有猪肉、葱、羊肠，被我们一扫而光。

迷　路

填饱肚子走出那家饭馆时已是日头高照。被一群村民闹哄哄地跟在身后走出这个镇子。听说龙泉铺距当阳八十里路程。相当于日本的十三里。走出镇子后发现面前有好几条路，不知走哪条好。我们走错好几次。来来回回地一边问路一边走。到当阳八十里的路程一会儿变成六十里，一会儿变成五十里。途中有好几条岔路，我们边猜边走。途中遇到一个中国人，打听到当阳有多远，回答说六十里。从龙泉铺过来走了五十多里，一听说还有六十里，气就不打一处来，揪住那个中国人就吼：笨蛋！你撒谎！说老实话！可他还是说有六十里。"混蛋！"我挥起了拳头。那个男人赶紧说：饶了我！其实是三十里。可是，尽管他嘴上说是三十里，但实际上，六十里的路没有变成三十里。我们是彻彻底底地迷路了。虽然怒气难消，但也无计可施。我们三人在路旁的松林中和衣躺下。这一带的丘陵如海洋中的波涛，连绵起伏。丘陵上，松树成林。一片片的松林，景色迷人。那片松林真不错呀！我一开口，K君就回应道：是呀！好像有兔子。曾经有一个人，眺望着十五夜的薄月感叹道：好美的月亮呀！他朋友回应说：是的，好像一把团扇。我想起这段牛头不对马嘴的对话，只得对K君报以微笑。

有一个年轻的女子手提笼子沿松林中的路走过来，笼中放着松茸。松茸！我叫起来。姑娘看到松林中躺着的三人，一下子呆在那里一动不动，看似吓坏了。M君安慰她说不用害怕，不必担心。笼中的松茸，色泽不错，看起来很好吃。"卖给我们！"一听此言，她摇摇头逃走了。阳光从松树间漏过来，我们沐浴着阳光睡了个午觉。

玉泉山

醒来之后，又踏上旅途。来到一个叫双店子[1]的村庄。天色已是黄昏。在村中一打听，到玉泉山有二十里路程。看样子天黑之前无法赶到当阳，我们决定去玉泉山想办法。于是我们朝着玉泉山赶路。

沿途，高低起伏的大原野接连不断。走过原野，在松林中的路上步履匆匆前行，赶到玉泉山时，天已黑尽。山

---

[1] 今双莲子。

玉泉寺（当阳）

上有个玉泉寺，传说是关羽灵魂游荡过的地方，玉泉寺也因此闻名。我们打算在寺中借宿一宿。我们声称自己是日本的学生，是来寺中访问的。寺里的圆妙和尚热情地接待了我们，还欣然借房间给我们住。

十月二十九日，清晨，起床走到外面一看，玉泉山是一座秀美的圆形山，山上树木葱郁繁茂。玉泉寺位于山脚，是天台大师讲过经书的寺庙，乃中国屈指可数的名刹。方丈名圆妙，年方三十，乃一年轻和尚。

寺内有大量的遗迹和文物。庭院里有一口放在露天的铁镬，上有"隋大业十一年"字样的铭文。这个阳刻的铭文非常有意思。还有唐代的画像碑、元代的铁钟以及水壶和石碑等。

早上，吃了圆妙和尚为我们准备的斋饭。我们决定傍晚再回到这里，随后，我们朝当阳出发。

出了玉泉寺的山门，发现还有一个山门。门上题"三楚名山"。

一出门就看见左手边有一铁塔。宋代建造，上半部分向右倾斜。十三级，不可上去。铁塔下半部分以及底层内部的墙壁上，刻有无数的塔形。

距玉泉寺不远处有度门寺，因神秀禅师开基而远近闻名。这里有唐张说撰写的《大通禅师碑》。

秋意正浓。回头望去，玉泉山山姿秀丽，宛如一个鸡蛋横放在那里。全山被树木包裹，在常绿的松柏之间，红叶点点，增添着秋色氛围。树林间，寺院楼阁、高塔白垩隐约可见，真是名副其实的"三楚名山"。

当阳素描

长坂坡

当阳的路上,秋意正酣。途中的红叶美不胜收。在高低起伏的原野中,有座巨大的石碑屹立在一座小山坡上,上书"长坂雄风"四个大字。这里就是《三国志》中有名的长坂坡遗址。

从长坂坡眺望,当阳县城景色壮观。锦山连绵,沮水南流,松林间赤壁隐现,原野上牛群撒欢。

进当阳县城,在饭馆吃午餐。

从当阳县城的北门出来,乘船横渡沮水,穿平原朝东北行进。走出五里,来到锦山脚下。这里是三国时代的古战场。据说是张飞横矛,击退曹操大军的地方。眼下,桥畔立着一座石碑,刻着"张翼德横矛处"几个大字。伫立碑侧,缅怀三国之英豪,心生秋风萧萧之感。

滇蜀山水记

牛肝马肺峡（三峡）

瞿塘峡口（三峡）

云南高原记

翡翠与大理石

给女人的黑发增添一抹色彩的翡翠发簪,正中央点缀着绿色翡翠的黑色珠链带扣,这些都是夏季的应景之物,给因夏日的炙热和酷暑而无精打采的人投去一股清凉。

以紫檀木为骨架,镶嵌大理石制作而成的圆桌子、椅子、壁挂、砚屏,这些都是酷热的广东一带,作为室内的家具不可或缺的东西。被热带的暑气蒸过的身体,接触到大理石后产生的凉爽感觉难以忘怀。大理石作为夏季的应景之物也具有无穷的魅力。

作为夏季风物而独具魅力的翡翠和大理石,每当我见到它们就会想起云南。

据说翡翠的加工工艺,北京数第一,但材料大多来自广东。在高级工艺品方面,虽然广东不能与北京同日而语,但其翡翠工业之繁荣,在中国位居第一。去广东西关的翡翠市场一看,那里随意放着西瓜般大小的翡翠原石。看到翡翠商人把手缩进衣袖里,相互握着手进行翡翠原石的交易。那种原石产自云南。我去云南时,在安田洋行的内庭里看到几块西瓜大小的翡翠原石被随意扔在那里,据说那些原石来自云南缅甸边境的伊洛瓦底江上游。从那以后,我一看到翡翠就想起云南。那块铺满翡翠原石,还有清水流淌的伊洛瓦底江美丽的上游地带,以无限的魅力召唤着我们。

从云南省城西行大约九百里,行程十四天就可抵达大理。当地的海拔六千七百尺,四周矗立的群山大都在一万尺以上,是青海、西藏方面过来的巴颜喀拉山脉的一支。其群山,在阳光映照下,白花花的一片,这就是大理石。在大理,它只是普通的石头,但在其他地方,就因为产自大理,所以称之为大理石。尤其是产自苍山的大理石,其洁白光滑的美丽肌肤上呈现出浓淡不均的黑褐色图案,的确具有大自然风物的特殊魅力。

这就是翡翠与大理石的云南。

进入云南

我在法属东京,被热气蒸出痱子。我带着红肿的身体,一大早由滇越铁道从河口出发,傍晚到达蒙自。蒙自吹着秋天般的凉风,第二天一早,发现痱子消失得无影无踪。东京与云南的边境,即牢该和河口两地,隔红河的支流南溪河相望,海拔二百七十尺,热风灼人。而从河口乘火车北上到蒙自,仅一个晚上,炎热的夏季就离我们远去,以至于肌肤感到了秋天的寒意。在气候上,真的有几个月的差异。火车绕山腰,过溪谷,一路上行,爬到山顶便是云南高原,这就来到了蒙自。蒙自海拔五千三百尺。从蒙自再往前行,经过阿迷、宜良等高原上的城镇便抵达云南省城昆明。

乘火车期间，我在蒙自与壁虱寨的途中，看到长桥海的湖边有鹈鹕和白鹭成群嬉戏；在阿迷的街上，看见苗族妇女并排坐在路边卖水果。火车行驶途中，常有仙鹤从附近的水泽中展翅而飞。沿线的村村寨寨，石榴、枣树成林，果实挂满枝头。蒙自的大米是红色的，街上卖的盐是黑色的。苹果和梨摆满大街小巷的店头。

在云南住了四十年之久的一位英国传教士说，云南在世界上是气候最好的地方。夏季少有超过27℃的情况，冷的时候还需要穿秋天的外套；冬季一般不会低于4℃，有时会下雪，但不会积雪。四季如春，草木繁茂，果实丰富，珍禽啼啭，简直就是天下乐园。

我从法属东京沿滇越铁道进入云南，再从云南徒步走到四川。从云南昆明到四川成都花费了两个月的时间。海拔一万尺的云南高原，群山之美，叹为观止。我不畏高山崇岭的险峻，踊跃挺身，踏破千山万岳，那种心情，与其说是征服了自然的喜悦，不如说是，在自然的怀抱中，因山岳之壮丽、高原之秀美而目酣神醉。与大自然合而为一，一边眺望无边的天空，一边在云南高原上忘我地行走，这样的情景至今历历在目。

金沙江

乘开往上海的船离开长崎，第二天早上，发现船在黄浊的水中央行驶。东经一百二十二度十分，北纬三十一度十二分，原来我们的船已经驶入扬子江。不过，放眼左右两舷，不见陆地模样的地方，完全是在茫茫的大海中航行的感觉。江口宽七十哩，就连距江口六十哩的上游吴淞，也仅能望见江中的岛屿，而望不见对岸。江水洋洋天际流。

扬子江，就是这样一条大得离谱的河流。轮船历时四天，逆行六百哩到汉口。从汉口再花四天溯流约四百哩到达宜昌。宜昌的上游即所谓的三峡，越过三峡就是重庆。从宜昌到重庆约四百哩航程，以前乘民船要耗时三十天，如今乘轮船七天就可抵达。重庆至叙州约一百哩，在叙州，岷江自北而来与扬子江合流。扬子江的干流在叙州南折，在川滇边境蜿蜒穿行后北上。这就是金沙江，就是在构成云南高原的连绵断崖间穿流的那条金沙江，金黄色的河沙与泥土一起流动的金沙江。我从金沙江上游可以通船的地方乘民船下行到叙州。在距扬子江口约二千哩的上游，江水呈黄褐色，已经处于浑浊状态。在叙州，与扬子江合流的岷江水却是清澈见底。金沙江与岷江汇合的地方，拖着一条美丽的线，水色之别一目了然。"蜀江水碧蜀山青"中的蜀江是岷江。扬子江干流进入蜀国后依然黄浊，进入云南后越发浑浊不堪。

云南高原就在距扬子江口二千哩的上游，是金沙江水穿行的地方。金沙江自屏山往上的流域不通航，只有渡江的独木舟。江畔的断崖高达一千余尺。陕西省潼关至山西省包头镇之间的黄河流域和穿过云南四川边境至屏山的金沙江流域，那滚滚激流，重重断崖，都是前人未踏的处女地。它隐藏着无限的自然奥秘，以其巨大的魅力在向我等招手。

从上海溯江进入云南要花费两个多月的时间。古时候一般都走这条路。但是，1910年，自法国从法属东京至云南省城铺设铁道以来，看似可以从上海经香港、海防，利用这条铁道，从后面进入云南。我选择了这条途径。

我是七月从上海乘船经香港赴海防，从海防坐火车经河内至牢该，从牢该渡过南溪河进入中国境内，再从河口由滇越铁道经蒙自、阿迷、宜良进入云南省城的。七月一日从上海出发，抵达云南省城是七月二十五日。

然后，我踏破云南高原。在云南省城做好各种准备，终于动身上路是在八月九日。之后徒步在云南、四川的崇山峻岭行走约六百哩，在二十八天的时间里，我仰望星空，在云雾中起卧，抵达四川叙州是九月六日。从叙州开始又探访四川盆地，攀登峨眉顶峰，到达四川成都是九月三十日。就这样，结束了滇川山岳为时两个月的徒步旅行。

高原行

八月九日，以裹腿加中国草鞋的打扮，离开云南省城，踏上旅途。第一天板桥，第二天羊街，第三天柳树河，到此为止是以昆明为中心的高原性平地，自然山水没有明显的变化。在柳树河，平地走到尽头，第四天开始进入山路。

从这里一直到四川省境内都是崎岖不平的坡道。

从云南省城至四川叙州一千六百三十五里，一般行程要二十五天。虽然是连接云南、四川两省的大路，但山高路险不通车。虽然有轿有马，但一到危险的地方，轿和马都无能为力，乘客必须下来步行。走这种路的马，必须是那种个子矮小、擅长爬山的所谓云南马，否则派不上什么用场。其他地方的马即使过来，估计要不了一天就会低头认输。像我们这样的穷游，马呀轿的都不是问题，因为我们一开始就下定决心用两条腿走路了。任由山高水险，以试我身；任由虎啸狼嚎，以试我胆。我们意气轩昂地踏上征途。踏出云南高原之旅第一步时，我们心潮澎湃：天下之乐，概莫过此。

> 八月十三日。溯柳树河溪谷行二十五里到功山。至此，平路全尽，连山重岳入云外，一步更比一步高。仰望前途，云雾蟠结；俯瞰河谷，深不见底。顺松间小径前行，芙蓉花瓣随风飘来。踏岩攀崖一路前行。路旁，无名花草，争奇斗艳。……傍晚，到小龙潭。位于海拔七千尺高的寒村。清水林间流，白云窗外飘。

这是我当时写下的日记。那天晚上，在小龙潭住了一宿。海拔七千尺的高原之上，清流潺潺在林间流淌。窗外并立的群山之间，白云悠悠掠顶峰飘浮。

> 八月十四日。路在连山间穿行，次第攀高。自小

龙潭行二十里许到山顶，进入高原。原野上百花缭乱，红黄紫蓝，色彩斑斓。霞飘云飞，恍若人间仙境。高原天空，清澈通透，与地平线近在咫尺。争奇斗艳的百花千卉与朵朵白云亲密接触。紫蓝色的天空，淡白色的浮云，姹紫嫣红的百花原，既无人为加工打破它的调和，也无噪音杂声扰乱它的诗韵。一个绝对清丽的自然乐园，千古之色不衰，在一万尺高空超然于世。

就在这个云南深处所谓的瘴蛮荒凉之地，有个神灵赐予的岭上花园，远离尘埃，随风飘浮着神仙的香气。

傍晚，抵光头坡，乃岭上小驿。

这是当时在本子上写下的日记原文。一段真情实感而已。独自一人，走在那个岭上百花原中，将真实的情景和真实的感受一一记了下来。当时，在那座海拔一万尺的云南高原上，有一个人拖着沉重的双腿独步而行，那个人就是我。

十四日从小龙潭出发，当天夜里留宿光头坡，十五日动身前往鹢溪。从小龙潭到鹢溪的两天行程中，我走过了滇川大路上最高的地区，据说海拔高度有九千至一万尺。

爬大陡坡，上哨牌山高峰。这是云南至四川的最高峰。五里的陡坡，走数步必歇息一回。真可谓"山从人面起，云傍马头生"。登顶，进茅屋吃羊肉。四方雨雾漠漠，朦胧不辨东西。寒气逼近。云中之行，遮去我眼前的万众，除却我心中的烦恼。云南高原之旅，实乃尘外之幽行。

午后三时，到鹋溪。此驿村，在硝厂河畔。

我站在哨牌山的山峰，放眼四方，但见高原连峰，如玉石般并列。海拔一万尺的群峰，以我为中心，如大海的波涛，向四方延展，直至天际与太空连成一线。天空蔚蓝，其色泽之美，无以言表。群山在阳光的映照下披上彩装，黄红紫蓝，其间还夹杂着银金二色。这些高山，如同配角一般，静静地伫立在那里。我从未见过如此美丽的山岳全景。之后的二十余年，我周游过中国各地的群山，但在山色方面，无一能与云南群山媲美。

缭乱之花

云南高原的花，美艳迷人。高原的草地上百花盛开，令人不忍下脚。我时而在花丛中跳来转去，时而在草地上摆个大字仰望天空。无论是那片天空，还是这座高原，一切都是我的。我这样想着，感觉这比集天下之财富于一身还来得幸福。高原的天空清澄通透，既无风，也无声，寂静至极，连自己身体中的血液流动都能听到。我真切地感到自己被大自然拥抱着。我虽然踏破了云南至四川的崇山峻岭，但我没有征服了它们的感觉。它们对我而言是无限亲密的存在。我不是踏破了它们，而是在它们怀抱之中得到了美好的享受。

八月十六日。上午七时，鹧溪出发。

绕山麓顺大河的河畔往下游行。前途烟雾笼罩，天空朦胧。河畔茂密的柳梢上烟雾氤氲缭绕，在大山小山的陪衬下，美不胜收。

透过苇草叶，看到河畔的芦苇丛中有成群的仙鹤。

天色阴沉，风寒。

九时许，天空放晴。右侧，岩脚间，红白紫蓝的鲜花争奇斗艳。如丝般的流水，从山峰飞落，拍打岩石，跳珠飞玉，其景色更是妙不可言。左侧，大河滔滔，水量渐增。

就这样，我从哨牌山的高原下山来，走到东川县城。虽说是从高原上下来的，但这个东川县城，海拔也在七千尺左右。

猓猡姑娘

云南的山上有三叶松，松叶长七寸左右，松塔很大，有的大得像凤梨。也有五叶松，松叶不如三叶松的长。

高原的溪流边盛开着芙蓉花，花间有白鹭伫立。

东川的平原上仙鹤成群。

高原的茶馆里，有老太婆在卖豪猪刺。

东川至昭通的途中，一个名为桃园的地方有水晶山。山中的石头全部是水晶。

高原的溪谷间坐落着一些茅草小屋，那里住着猓猡姑

猓猡姑娘（云南路途中）

娘。猓猡人是苗族的一种。我一凑过去，姑娘便大惊失色，逃到小屋的角落瑟瑟发抖。

巴蜀山水记

凌云山

从四川成都坐船下岷江，三天到嘉定。在嘉定城南，雅河纳大渡河之水后左转，冲向凌云山。江水汹涌，摩凌云山的断崖右折，又向南流。江水冲击凌云山，形成一大河滩，这就是所谓的佛头滩。岷江在芦苇间如梦幻般流来。江水冲击凌云山山崖，掀起狂澜。这便是岷江第一滩。为镇守此滩，以保佑来往船只的安全，在凌云山的岩壁上修建了一尊大佛。

> 唐开元中，浮屠海通，始凿山为弥勒佛像以镇之。高三百六十尺，顶围十丈，目广二丈，为楼十三层，自头面以及其足，极天下佛像之大。两耳犹以木为之。佛足去江数步，惊涛怒号，汹涌过前，不可安立正视。今谓之佛头滩。
>
> 《吴船录》

佛像高三百六十尺，巨大无比，乃天下佛像之首。我爬凌云山时，看到佛像的胸部周围树木茂密，脸上、头上杂草丛生，古色苍然。虽然犯下大忌，但在当时，元气满满的我们却不顾一切地爬上了佛头。那一刻，我们意气轩昂，想把宇宙乾坤归为己有。看到当时拍摄的照片，站在佛头上的我们，就像停在大佛螺发上的苍蝇一样极其渺小。

凌云山沿途，秋海棠在树阴溪间簇簇绽放。

凌云山上的东坡读书楼，近俯岷江流水，远望峨眉秀峰。绮丽山水尽收眼底，风光无限美好。

> 少年不愿万户侯，亦不愿识韩荆州。
> 颇愿身为汉嘉守，载酒时作凌云游。
> 虚名无用今白首，梦中却到龙泓口。
> 浮云轩冕何足言，唯有江山难入手。
> 峨眉山月半轮秋，影入平羌江水流。
> 谪仙此语谁解道，请君见月时登楼。
> 笑谈万事真何有，一时付与东岩酒。
> 归来还受一大钱，好意莫违黄发叟。　　（苏轼）

诗中说的是，东坡不愿封万户侯，也不愿结识韩荆州。他只有一个愿望，就是任嘉定的太守，那样的话就可以时常带着酒去凌云山览胜。而事实上，东坡在嘉定凌云山上修建了读书楼。他在那里远望峨眉，近观岷江，集天下江山之美景于一眸，一边饮酒一边悠然赋诗。不难看出，苏东坡也是一代风流人物。

峨眉山

"蜀江水碧蜀山青",岷江之水,不仅清冽,而且真的很绿。从成都出发不久,只见两岸芦苇繁茂丛生,岷江之水如梦幻般地静静流淌。成都平原的尽头便是平羌峡,其右手边,可遥望峨眉山。

> 峨眉山月半轮秋,影入平羌江水流。
> 夜发清溪向三峡,思君不见下渝州。 (李白)

一位美女,为了美上加美,剃掉天然的眉毛,以粉黛画蛾眉。蛾眉聚宇宙乾坤之圆润,柔软含露,线条优美。从凌云山上眺望的峨眉山,由北至南绵亘蜿蜒,眉线丰满,漂亮迷人。峨眉山乃名副其实的秀丽高山。

从嘉定前往峨眉的途中,雅河水清冽如玉,美丽动人。江畔的草原上有水牛俯卧,牛背上有白鹭停歇。

嘉定到峨眉县七十里,距峨眉县城不远处就是峨眉山登山口。

在四面环山,沃野约二十万平方哩,人口约五千万的这样一个坐拥富裕和繁荣的四川盆地上,突兀矗立其正中央的就是这座峨眉山。唐代,把普贤菩萨奉祀于山中,从那以后,一千余年,七十余座寺庙覆盖全山,成为普贤的灵山。每年夏季开山期间,善男信女争先恐后前来参拜。

有钱人坐轿，大众则步行上山。坐轿子在山道上遇到险阻时，轿子不仅要五六个人抬，而且还需十几个人用绳子拉着，阵势恢宏。我们徒步登顶。

从峨眉县城出发前往登山口，直至爬上山顶到金殿，我们花了三天时间。第一天投宿万年寺，第二天留宿白云寺，第三天住金殿。

李白登峨眉，留宿万年寺时，僧广浚为其弹琴。

> 蜀僧抱绿绮，西下峨眉峰。
> 为我一挥手，如听万壑松。
> 客心洗流水，余响入霜钟。
> 不觉碧山暮，秋云暗几重。　　（李白）

李白听琴的那间客房如今题为"弹琴楼"。那间房我们也住了一宿。

自从在万年寺听蜀僧弹琴，登金顶饱览秀丽风光之后，峨眉一直没有离开过李白的心。巡回天下之山水，峨眉总是令他魂牵梦绕。他时常借助明月花草咏峨眉。

> 我在巴东三峡时，西看明月忆峨眉。
> 月出峨眉照沧海，与人万里长相随。
> 黄鹤楼前月华白，此中忽见峨眉客。
> 峨眉山月还送君，风吹西到长安陌。
> 长安大道横九天，峨眉山月照秦川。

黄金狮子乘高座，白玉麈尾谈重玄。
我似浮云殢吴越，君逢圣主游丹阙。
一振高名满帝都，归时还弄峨眉月。　　（李白）

在巴东三峡时，时常遥望明月回忆峨眉。在黄鹤楼前遇到峨眉来客时，峨眉那段往事又浮现在眼前。长安大道、吴越秦川，一看到月亮就想起峨眉。峨眉真是李白的一生之恋。婉转含蓄的峨眉，魅力无限。

白云寺离山顶已经很近了，正如其名，有白云来来去去。白云寺的夜晚极其寒冷。寺中和尚为我们点燃了竹编火把。钟声在山中回荡。

峨眉山海拔高度一万一千余尺，比富士山稍低，但它却如一条蛾眉蜿蜒舒展。从山麓至山顶，需要爬三天。

在自流井遇到当地一个有钱人家的公子王余先，据说他小学、初中都是在日本读的书，我告诉他我要去爬峨眉山，他说山上有老虎。

一出峨眉县城，就是一片繁茂的树木。走到山脚，有一牌楼，上揭匾额"伏虎寺"。这就是峨眉山麓第一寺院伏虎寺的山门。那一带，森林苍郁，真的跟有老虎一样。万年寺附近的树林中，有成群的猴子打闹嬉戏。

从山脚至山腰，各色树木枝繁叶茂。山腰往上，塔松成群挺立。不知道其真实名称是什么，但它的基干如立着的柱子一般笔直，树枝井然有序地向四方水平伸出，层层叠叠，恰如五重、七重佛塔的造型，我们就一致称它为塔松。

塔松上云雾缭绕，黑色的树枝在白色的云雾间时隐时现，景色梦幻般美妙。

靠近山顶的地方乔木消失，唯见高山灌木爬满地面。

最高的山峰上有两座岩壁巍然屹立。站在岩头俯瞰山下，一望无际的云海上，白云匆匆，泛起波澜。

峨眉山峰，投石下界。

转瞬之间，石坠云中。

这是我真实的感受。我甚至想，从岩头跳入白云之中，那种感觉一定很好。

云海上，摩天矗立的峨眉山顶，岩壁雄伟，景色壮观。

伫立山顶，眺望西方遥远的天际，只见皑皑巨壁在天地间连立，似云又似山。这就是大雪山。山的那边是西藏。高原连绵不断，乃大自然之一大壮观。

峨眉山是一座秀美的山，但站在山顶岩头眺望到的景观，更是大自然赐予我们的惊喜。泰山山顶的远眺也非常壮观，但不能与峨眉同日而语。伫立峨眉山顶，仰望遥远的大雪山，渴望着人类未踏之地，那份心情就像是仰天感知宇宙的神秘一般。

巫山十二峰

清晨，我们坐民船离开夔州下三峡，傍晚抵巫山。从夔州直接进入三峡中的第一峡瞿塘峡。峡中断崖壁立，江水汹涌，急流盘旋。进入第二峡的巫峡后，却看见巫山十二峰静静伫立，洋洋江水绕十二峰迂回奔流。

> 玉露凋伤枫树林，巫山巫峡气萧森。
> 江间波浪兼天涌，塞上风云接地阴。
> 丛菊两开他日泪，孤舟一系故园心。
> 寒衣处处催刀尺，白帝城高急暮砧。　　（杜甫）

这是杜甫《秋兴八首》的第一首。杜甫仰望着自盘古开天地以来就不曾改变过，而且在宋玉关于楚襄王梦神女的赋中也没有改变过，甚至在今后的成千上万年中都不可能改变，永远静静地屹立在那里的巫山十二峰，俯瞰着同样是成千上万年不分昼夜滔滔奔流的长江之水，反观自己朝不保夕的无常人生，不禁感慨万千。孤舟夜泊巫山，对我而言也是感慨无限的回忆。时值深秋，巫山的群峰，层林尽染。十二峰如十二位后宫佳丽并立，端庄美丽。无一不是线条柔软、静娴曼妙的山峰。巫山巫峡正是三峡中的温柔之境。瞿塘峡严格守护着这个温柔之地。它如身着铠甲的武士伫立要塞，抵挡着成千上万的来敌。

白帝城

瞿塘峡口，右侧有白盐山，左侧有赤岬山，如门柱夹江矗立。沿江口，断崖绝壁高千尺，如屏风拔地而起。进入峡口的江水，波涛汹涌，拍崖击岩，转头向右逆卷旋涡一路奔腾。这是三峡第一危险的地方,但其岩壁与江水,则是长江中首屈一指的壮丽景观。正所谓不见瞿塘峡就不要说游过长江。

以赤岬、白盐二山为瞿塘峡峡门。在这扇门前,正好有一座高三百尺的小山,像哨兵一样站在峡口的北侧。这里就是白帝城的遗址。登上白帝城放眼北方,夔州城城墙,蜿蜒盘踞山间。

> 夔府孤城落日斜,每依北斗望京华。
> 听猿实下三声泪,奉使虚随八月槎。
> 画省香炉违伏枕,山楼粉堞隐悲笳。
> 请看石上藤萝月,已映洲前芦荻花。　　（杜甫）

白帝山上有昭烈帝庙。

章武三年(223)二月,诸葛孔明应昭烈帝之召从成都来到永安宫。四月,昭烈帝病情恶化,将后事托付孔明,在永安宫驾崩。

> 章武三年春,先主于永安病笃。召亮于成都,属以后事。谓亮曰:"君才十倍曹丕,必能安国,终定大事。若嗣子可辅,辅之;如其不才,君可自取。"亮涕泣曰:"臣敢竭股肱之力,效忠贞之节,继之以死!"先主又为诏敕后主曰:"汝与丞相从事,事之如父!"
> 　　　　　　　　　　　　　　　《蜀志》卷五

世间有"读《出师表》不哭者不忠"的说法，我读《蜀志》，每次读到这个章节，就会思考孔明尽忠的前因后果，不禁感慨，《出师表》乃自然天成之物。

先帝清楚地知道自己儿子的昏庸，因此将一切托付给孔明。他甚至说："若嗣子可辅，辅之；如其不才，君可自取。"将其天下拱手让给孔明。取不取天下，就在孔明那三寸心中。然而，孔明却哭泣着回答说："臣敢竭股肱之力，效忠贞之节，继之以死！"

触动我心的是最后那句"继之以死！"君臣的关系真的如同鱼水之交。读到此处，不禁感慨，孔明的心胸是多么地崇高。

那之前，刘备三顾南阳新野得到孔明，交情日益亲密，引起关羽、张飞不悦，刘备以"鱼水之交"化解了二人的心结。

> 先主解之曰：孤之有孔明，犹鱼之有水也。愿诸君勿复言。羽、飞乃止。
>
> 《蜀志》卷五

前后两篇《出师表》正是应运而生之物。而且，孔明值得尊敬的地方就是他的言行一致。先帝驾崩后，他拥立后主，竭股肱之力，效忠贞之节，最后，在五丈原奉献性命。孔明的一生是忠诚的一生，他实现了自己"效忠贞之节，继之以死"的诺言。

的确如此，读《出师表》不落泪的人非人也。

伫立白帝城遗址，我这个血气方刚的二十三岁男儿，真的流下了泪水。

"听猿实下三声泪"，杜甫也曾在白帝城潸然泪下。知道这一切的，只有巍然矗立于瞿塘峡的赤岬山和那千古滔滔、奔流不息的长江水。

丞相祠堂

杜甫曾住在成都的草堂寺。多感的他，时而凭吊蜀汉皇城遗迹，时而参拜丞相祠堂，缅怀孔明的忠诚。

> 丞相祠堂何处寻，锦官城外柏森森。
> 映阶碧草自春色，隔叶黄鹂空好音。
> 三顾频烦天下计，两朝开济老臣心。
> 出师未捷身先死，长使英雄泪满襟。　　（杜甫）

登上成都的城墙，放眼望去，万里桥那头，有一片繁茂的柏树林。那便是丞相祠堂。给人的感觉，完全就是杜甫吟诵的诗句："锦官城外柏森森。"

> 上午八时，前往丞相祠堂，缅怀千古英雄。出成都南门，渡万里桥，过古锦官城。锦官城已不见城墙，只是一条小街。在田间南行一里许，有一赤壁。柏树森森处，即丞相祠堂也。"丞相祠堂何处寻，锦官城外

丞相祠堂《古柏行》部分（成都）

蜀丞相诸葛武侯祠堂碑
部分（成都）

柏森森。"面对森森柏树林，吟诵杜甫的诗句，感慨万千。境内，柏树葱郁，竹林苍翠，灵鸟交飞。正门揭"汉昭烈庙"匾额。入第一门，即三绝碑。此外还有碑刻二三。入第二门，昭烈庙在柏树高耸之彼方，庄严至极。入得庙堂，正面置昭烈帝塑像。出庙堂后门即丞相祠堂。匾额、对联成百上千，无论新旧，皆诉说着丞相之忠诚，流芳千古。壁龛中置孔明塑像。伫立像前，面向英姿，神严之气向我袭来，令我肃然起敬。庙内石碑甚多，或立或嵌入壁上。庙堂右侧有莲池，周围有亭台，供游客休息。再往左进，有惠陵，即汉昭烈皇帝安葬之地。墓堆如小山，草木丛生，四周环以低墙。正门上锁不得入内。唯见草木随风摇曳，小鸟林间飞行。吾等三人，立于荒寥的帝王墓前，不敢发出半点响声。

明治四十三年（1910）十月四日，我在参拜丞相祠堂后的日记中写下这些东西。估计如今的丞相祠堂，依然柏树森森。

玉泉山与长坂坡

玉泉山

玉泉山是一座美丽的山。玉泉山之名，缘于山中流淌着玉石般晶莹的泉水。不过，山的形状也像极了玉石，圆润柔和，线条舒美。

> 雾散定军山放晴，沔阳渡口月澄清。赤符此日重光世，汉运行将再复兴。
> 天噫股肱臣殒没，襄阳终至遭攻破。玉泉山上夜黄昏，此恨绵绵云漠漠。[1]

这是土井晚翠的五丈原之歌，深受大家喜爱。从四川下三峡出宜昌，一想到玉泉山就在宜昌深处的当阳县，我们无论如何也阻止不了前往玉泉山的脚步。

玉泉山在召唤我们。

宜昌至当阳两天的行程，玉泉山在当阳县城东十五里处。从宜昌去当阳的道路可以说就是一条小路，途中没有可供住宿的驿站。我们在途中露宿河滩。即便风餐露宿，我们还是脚踏深秋的山野，朝着当阳奋勇向前。玉泉山，还有当阳城外的长坂坡，就是这样吸引着我们。

关羽的魂魄

建安二十四年（219）十月，因孙权，关羽兵败襄阳，在撤往当阳途中被孙权军队逮捕，与他的儿子关平一起，在临沮被斩。

---

[1] 金中译。引自松浦友久著，加藤阿幸、金中译，《诗歌三国志》，西安交通大学出版社，2005年，第69页。

关羽像（当阳）

关帝庙中之印（当阳）

> 先是，权遣使为子索羽女，羽骂辱其使，不许婚，权大怒。……羽不能克，引军退还。权已据江陵，尽虏羽士众妻子，羽军遂散。权遣将逆击羽，斩羽及子平于临沮。
>
> 《蜀志》卷六

孙权想要关羽的女儿作儿媳，遭到拒绝，一怒之下，发兵讨伐关羽。虽然关羽在桃园与刘备结为义兄弟，无论如何也不可能与刘备的死对头孙权结盟，但关羽还是不顾一身的利害，大骂孙权的使节，回绝了婚事。真是不辱其"美髯公"之名。关羽在襄阳战败，在章乡被孙军抓获后送往临沮，与其子关平一同被斩。当时，刘备还在江北流浪，地位尚未确立，作为关羽，应该是死不瞑目吧。

章乡在当阳县东北，玉泉山又相隔不远。关羽曾经前往参见汜水关镇国寺的长老普净禅师。关羽被杀害的时候，普净住在玉泉山。关羽的魂魄飘到玉泉山上空。

> 乃荆门州当阳县一座山，名为玉泉山。山上有一老僧，法名普净，原是汜水关镇国寺中长老。后因云游天下，来到此处，见山明水秀，就此结草为庵，每日坐禅参道，身边只有一小行者，化饭度日。是夜，月白风清，三更已后，普净正在庵中默坐，忽闻空中有人大呼曰："还我头来！"普净仰面谛视，只见空中一人，骑赤兔马，提青龙刀，左有一白面将军、右有一黑脸虬髯之人相随，一齐按落云头，至玉泉山顶。普净认得是关公，遂以手中麈尾，击其户曰："云长安在？"关公英魂顿悟，即下马乘风落于庵前，叉手问曰："吾师何人？愿求法号。"普净曰："老僧普净，昔日汜水关前镇国寺中，曾与君侯相会，今日岂遂忘之耶？"公曰："向蒙相救，铭感不忘。今某已遇祸而死，愿求清诲，指点迷途。"普净曰："昔非今是，一切休论；后果前因，彼此不爽。今将军为吕蒙所害，大呼'还我头来'，然则颜良、文丑、五关六将等众人之头，又将向谁索耶？"于是关公恍然大悟，稽首皈依而去。
>
> 《三国演义》

在临沮被斩首的关羽迷失方向在空中大叫"还我头

来"。老僧普净对关羽的魂魄大声说道：你不要说生死轮回，也别谈后果前因。你被吕蒙杀头，就喊把头还给你。那你想想看，无数死于你刀下的人找谁要头去？关羽听后恍然大悟，阴魂散去。

《三国演义》的作者，对关羽的最后进行了如此渲染，对这个勇武善战但杀戮无度的关羽提出了批判：这不就是善因善果，恶因恶果，自业自得吗！

玉泉寺

巡游玉泉山时，秋色正浓，红叶满山。黄叶、绿叶交织其间，美如诗画。

在这座美丽的山上，玉泉寺包裹在红叶间。那里的住持，一个名叫圆妙的年轻和尚热情地接待了我们。这是一座周边不见人家的山中孤寺。在玉泉寺的那一晚，我感慨良多。

玉泉寺的山门前有一座铁塔，相当地高，其上方有些倾斜。寺庙境内有一铁镬，直径约四尺，相当大。有"隋大业十一年"等铭文，字体很有意思。这个铁镬，作为隋代铁器遗物极其贵重，但在庭院里遭日晒雨淋。

当阳素描

当阳素描

玉泉山像一块躺着的玉石，造型很美。估计高达五百尺。其山脚下是蜿蜒起伏的大丘陵。这一带，与巴东山岳地带相连，属大陆性高原地带。动兵打仗的话，这种地势对敌我双方都有利。那个平地上连绵起伏的大长坡便是长坂坡。那里立着一座雄伟的石碑，上书"长坂雄风"四个大字。正好夕阳照射过来，碑头发出金色光芒。景色壮美。

长坂坡

中国的戏曲中有一出戏叫《长坂坡》，不用说，题材取自《三国志》，是以这个当阳的长坂坡为舞台而改编的剧目。这是所谓的文武大戏，是中国戏剧中有名的大戏之一。《长坂坡》作为戏剧非常有名，而在杨小楼全盛时期，剧中杨小楼扮演的赵云更是闻名遐迩。在当时，北京的戏迷及满都的子女，一说有杨小楼的《长坂坡》，便放下手头的一切事情，赶往小剧场。杨小楼扮演的赵云，威武勇壮，吐音朗朗，唱功精湛，做派优美。尤其是他那充满生气的男性之美，简直就是恼杀满都女子的武器。赵云挥舞白缨长枪，追赶群集的敌人，安抚甘夫人，抱着后主策马飞奔。作为戏剧，这些表演收到了极好的舞台效果。

建安十九年（214），曹操与刘备争夺江陵。江陵乃富裕之地，一旦被刘备占据，其势力增大就是显而易见的事情，于是曹操就想在刘备到达江陵之前将其拿下。

> 曹公以江陵有军实，恐先主据之，乃释辎重，轻车到襄阳。闻先主已过，曹公将精骑五千急追之，一日一夜行三百余里，及于当阳之长坂。先主弃妻子，与诸葛亮、张飞、赵云等数十骑走，曹公大获其人众辎重。
> 《蜀志》卷二

曹操选五千骑精兵追赶刘备。一日一夜，行三百余里。虽然这种说法有些夸张，但总之是穷追不舍。在当阳的长坂坡，追上刘备一行，来了个突然袭击。刘军一片混乱，刘备舍弃妻儿，与孔明、张飞、赵云等策马逃离。然而，当赵云发现乱军中不见了主君刘备的妻儿甘夫人母子，便打马回到乱军中。其后的情景就是戏剧中那个赵云的扮演者擅长的场景：赵云挥舞着长枪，与群敌展开厮杀，刺倒敌人，救出甘夫人，抱起刘备的儿子后主策马而去。关于这段故事，在正史上有如下记载。

> 及先主为曹公所追于当阳长坂，弃妻子南走，云身抱弱子，即后主也，保护甘夫人，即后主母也，皆得免难。
>
> 《蜀志》卷六

站在从玉泉山脚下展开来的蜿蜒起伏的大陆性平原上，仰望"长坂雄风"之碑，突然感到，那里的天空、那里的山野都是历史的记录。一草一木，都被三国葛藤之血浸染。那种美甚至超过照耀在碑头的夕阳发出的金色光芒。

张飞横矛

出当阳县城往西走，巴蜀的群山渐渐靠近过来。在群山间迂回穿行就可进入蜀国。山路崎岖，行走艰难，易守难攻。蜀国地丰民富，是名副其实的天府之国。在当阳长坂坡败走的刘备，本想进入蜀地，但曹操的挺进部队五千精骑，以及紧随其后的数万大军，如云霞般步步逼近。招架不住的话，刘备在入蜀之前，就会与所剩无几的手下官兵一同毙命。于是，便出现了那个横矛怒视敌兵、令其退却的张飞武勇传。

> 曹公入荆州。先主奔江南。曹公追之，一日一夜，及于当阳之长坂。先主闻曹公卒至，弃妻子走，使飞

当阳素描

将二十骑拒后。飞据水断桥,瞋目横矛曰:"身是张益德也,可来共决死!"敌皆无敢近者,故遂得免。

《蜀志》卷六

在当阳城外不远处有一小河,河上架有石桥。桥边立着一座石碑,上题"张翼德横矛处"几个大字。

峨眉山记

汉民族的抵抗

对辽、金、元等北方民族的南侵,汉民族进行了一百五十年的抵抗。祥兴二年(1279),皇帝赵昺在厓山战败，南宋灭亡。即便这样，汉民族的势力丝毫没有衰弱。看似国家与民族毫不相干，汉民族社会经济繁荣，汉文化光芒四射。

就连南宋被追赶至江南，隔江与北方民族对峙的时候，南宋之都临安，即现在的杭州，还是南北文化的中心。浮牡丹、袴腰等名扬天下的所谓的官窑青瓷都产生于这个时代。宋版木刻的端正、宋代缂丝的艳丽、南宋画院的隆盛，都出现在南北民族对峙、戎马倥偬期间。

临安都城旁边有一湖，名西湖。从吴山到凤凰山、玉皇山、南屏山，湖边的群山一如原貌。据说南宋繁华的时候，大官人乘龙头船、鹢首船浮于西湖，诗歌管弦之音，日夜不绝。

甚至于在北方民族的压制下，面临亡国的紧急关头，汉民族依然是青山绿水、笙歌不断，悠然自得享受人生。

蒋介石游峨眉

南宋抵抗北方民族一百五十年，而国民政府会抵抗多少年，这个不得而知，但是，在国家濒临累卵之危的关头，蒋介石却偕宋美龄去了峨眉山。

峨眉在四川西部屹然矗立，与大雪山群岭遥遥相对，乃天下之名山，是普贤菩萨的灵场。"峨眉山月半轮秋"，以风光明媚而闻名于世。在天下动乱最为激剧的时刻，蒋介石与夫人进山是为什么呢？

蒋介石进入峨眉不久，国民政府国防最高委员会扩大会议七月二十九日在峨眉山召开。据传，这次会议集合了蒋介石以及冯玉祥、阎锡山、李宗仁、白崇禧、陈诚、朱德、毛泽东、周恩来等国共两党两军的首脑。[1] 南宋与北方对峙期间，大官人浮船西湖之上，推杯换盏，享乐生平；而蒋介石，在号称有七十余座寺庙的峨眉道场，聚集首脑将领，策划着什么事情。

面对西湖、峨眉等秀丽景色，自然会产生享乐生平的念头。在这一点上，无论是南宋的大官人还是国民政府的各将领，没有任何区别。即或是在兵马倥偬期间也不失优游自适之心情，这就是汉民族的特征，也可以说是大陆之味道。

峨眉之秀丽风光

从成都坐民船下岷江，第二天抵嘉定，只见峨眉山在遥远的右方。好一幅"峨眉山月半轮秋，影入平羌江水流"的景象。我曾仰卧在民船上，与同伴聊了半天平羌江的话题。这种怡然自得的心情同样也是大陆的味道。

嘉定城靠下游的位置有个佛头滩，河滩边的摩崖上有一尊大佛像，高三百六十尺，巍然屹立于水面至凌云山顶之间，号称天下第一大佛。凌云山上有东坡的读书楼，与峨眉秀峰遥遥相望。

从嘉定往西到峨眉，见雅河的清流在田圃间弯弯曲曲地流淌。水牛在田野上玩耍，鹭鸶在牛背上发呆。从嘉定

---

[1] 原文如此。

走七十里,到峨眉县。县城位于峨眉山脚下。从这里进山。

去自流井的时候,我告诉公子哥儿王余先我要去爬峨眉山。他说峨眉山是座不错的山,但很危险。我说没关系,因为我对山已习以为常,但他却说我理解错了。他说的是山中有老虎,所以危险。

王余先是自流井一个豪门家的儿子,从小在日本长大,小学、中学都在东京读的,是地地道道的日本通。我们说话一带出地方口音,他马上就说"好土!"什么的,摆出东京土生土长的人那种装腔作势的样子。我一说去峨眉山,他就说:"有虎!"当时我就想:外语这种东西实在是难以驾驭。

走出峨眉县城,在峨眉山脚下往西走出不远便进入山中。一进山,便看见伏虎寺的山门。周边树木苍翠,枝繁叶茂,感觉真的有老虎埋伏其中。在郁郁葱葱的树林间,时上时下,进出了数座山寺,就这样走到了万年寺。

普贤的道场

峨眉县城至峨眉山顶一百二十里,行程三天。约六十公里的登山道,从山脚至山顶全是石梯。第一天晚上住万年寺。

万年寺是峨眉寺院中的一座名刹,有大名鼎鼎的普贤菩萨像。普贤像高约一丈,青铜铸造,趺坐于同样是高约一丈的青铜大象之上。此乃天下无双之造型。据传,普贤菩萨乘白象从印度来到中国，进峨眉山说法。依照这样的传说，峨眉山七十余座寺庙的本尊都是普贤菩萨。

浙江省东海正中有一山，名普陀山。虽称之为山，但实际上是一个四面环海的岛屿。岛上有以普济、法雨、佛顶三大寺为代表的寺庙八十座，庵堂三百个，僧侣上千人，整座山上全是寺庙和僧侣。那些寺庙的本尊都是观世音菩萨。据说是在很久以前，有一个日本僧人在携观世音菩萨像回日本的途中，船只遇难。他爬上这座岛屿，在这里造庵祭祀佛像。就这样，在开发出来的这座岛屿上，所有的寺庙都以观世音菩萨为本尊。

普陀是观世音菩萨的灵场，峨眉是普贤菩萨的道场。如此一来，普陀和峨眉便成为只有寺庙和僧侣的山。

唐李白登峨眉住万年寺，听蜀僧广浚弹琴。如今，万年寺有一座名为弹琴楼的客堂，是李白听琴处遗址。我在这间客堂留宿一夜。口诵李白的听琴诗，肉身虽然没有变化，但内心却有羽化成仙之感。

离开万年寺，在丛林中穿行。不久一个陡坡迎面而来，数千级石梯直立眼前。从万年寺走一千二百四十步到达观心庵。再往上爬，遇到两块巨大的岩石夹道对峙。这就是鬼门关。走出鬼门关又是一个陡坡。石梯直指胸口。这就是观心坡。陡坡尽头处有一寺，名息心所，位于整座山的半山腰。

第二天住白云寺，第三天爬上绝顶。

站立山顶，遥望西方，大雪山的连绵山峰，如银色的波涛向南北延伸。金顶的悬崖下，白云翻卷，阳光映照白云形成金色的光圈。因此，峨眉山山顶名曰金顶，寺庙名曰金殿。金殿里有清朝皇帝的青玉印章，四寸五分见方，一寸厚，其上雕刻虎纽。

悠然自适

曾国藩讨伐长毛贼十余年间，经常在军中读书，其间写出大部头著作。杭州灵峰寺内保存着彭玉麟的梅林书屋图。图上有亲笔题识："辛酉夏日题于鄂渚水师舟中"。据说是咸丰十一年（1861）夏，他率领水师征伐长毛贼时，在下长江的船上画的。中国人，从古至今都有这种闲情逸致，一边读书、著书、绘画，一边打仗。因为他们认为打仗是他们终身的事业。

从军事抗争这一点来看，中国即使是现在，仍然带有战国封建主义的性质。蒋介石也好，阎锡山也罢，具有实力的人，时常拥有一定的地位和权势。虽然有时会败给没有实力或丧失实力的人，但有实力者常常是统帅者，是支配者。他们既不会退役，也没有离职或退休一说，打仗是他们毕生的工作。

蒋介石偕夫人宋美龄进峨眉山，一边与风月为友，做出一副悠然自适的样子，一边又在与人抗争。猛然一看，还以为他缺乏危机意识，但由此反而可以看出，他拥有一种不可轻视的潜在力量，那是一种可以永久抗衡的力量。嘴上叼着香烟，不慌不忙地做事，在我们手上完不成的事业还有子子孙孙来做。汉民族这样思考问题。紧绷着的弦容易断，而雪压的柳枝不会折。汉民族这种悠然自适的做派，绝不可小觑。那是西洋不存在的东西，也就是东洋的味道，是四千年来经久不衰、繁荣昌盛的汉民族所拥有的一种坚韧顽强的民族精神。

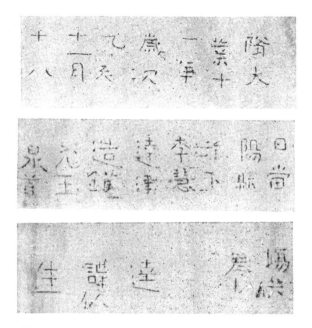

隋铁镬上的铭文（当阳玉泉寺）

第二篇 调查

地势及交通

渡河（滇川大路）

疆　域

云南省位于中国西南边陲，北与四川相连，东与广西毗邻，西北与西藏相依，西部与缅甸交界，西南与老挝相邻，南部与法属印度支那接壤。东西二千五百一十里，南北一千一百五十里，面积十万七千九百六十九平方里，居民一千三百余万人。

地　势

山　脉

云南诸山皆发脉于昆仑山，自西藏进入省内。主要山脉如下：

一、由都克里山入滇的山脉

龙川江以西的腾越诸山便是。

二、由察拉冈里山入境的山脉

龙川江东、潞江以西的永昌诸山便是。

三、由布楚河西走，经恐山入境的山脉

丽江、大理、永昌、顺宁、普洱及澜沧江、九龙江诸水以西的各山。

以上三条山脉皆西南走，至缅甸。

四、由四川巴塘土司南走，从丽江西北入省的山脉

经金沙江西、澜沧江东南至云南梁王山，在礼社江南江分走南北。走南东南的一脉，至安定关，分走把边江东西。西走一脉，经景东、镇沅、普洱、澜沧江以东，把边江、李仙江诸水以西，再南行入老挝。走把边江东者，经楚雄、元江、临安、把边江及李仙江诸水以东，戛赛元江、河府江诸水以西，进入法属印度支那。

五、自四川巴塘土司南来，走礼社江北的山脉

楚雄、武定诸山是也。其水皆北流进入金沙江者便是云南诸山。其水流入澄江者便是余脉。

六、从昆阳椒山折分，南经曲江、泸江的山脉

即八达河以南，临安、开化、广南的各山，再往东进入广西。

七、在曲靖东北分脉，北走牛栏江以西的山脉

东山诸脉便是。南走南盘江以东者为曲靖、广西州诸山。

八、自贵州威宁入境的山脉

昭通诸山便是。

九、永北、维西、中甸的诸山

即由四川省理塘、巴塘入境的山脉。

以上山脉被视为昆仑中央山脉，与云南南部山脉非同一山系。

水 系

云南诸水的水源分为两支,情况如下:
一、发源于西藏的河流
龙川江、潞江[1]、澜沧江(又称九龙江)以及金沙江等四江便是。
二、发源于省内的河流
有礼社江、南盘江(即八达河)及李仙江等三江。此外有无数小河。

再就各江情况,概说如下:
一、发源于西藏的河流
(一)龙川江
又称薄藏布河,自腾越滇滩关东北进入省内,由北向南纵贯腾越厅,行四百余里,经天马关入缅甸,至太公城汇入大金沙江。大金沙江即雅鲁藏布江。

(二)潞江
即喀喇乌苏河,自察木南流入省境,从北至南流经丽江、大理、永昌等地,行程一千五百余里,自龙陵、芒市土司东南流,出阿瓦界入大海。

(三)澜沧江
即布楚河,自维西塔城关西北入省境,向南流经丽江、大理、蒙化、顺宁、镇沅、普洱等地,行二千余里至车里土司东折,经临安诸猛出老挝,至法属印度支那为黑南君

---

1 即怒江。

河[1]，入海。

（四）金沙江

即木鲁乌苏河，自巴塘南流入境，经丽江、大理、永北、楚雄、武定、东川、昭通等地，自西向东蜿蜒延伸，行二千数百里至永善西北入四川，合岷江为长江，进而为扬子江注入大海。

二、发源于省内的河流

（一）礼社江

发源于云南省药王山，经蒙化、楚雄、沅江、临安等地，行一千四百余里，出越南，与富良江合流。

（二）南盘江

发源于沾益花山，经曲靖、微江、临安、广西州等地，行一千二百余里，出广西，再至广东，流入大海。

（三）李仙江

发源于定边县安定关，经景东、镇沅、元江等地，行千余里，注入黑江。澜沧江经车里、九龙山为九龙江，至猛赖为黑江。

交　通

进入云南省的路

云南省是位于中国西南边陲的山岳重叠之地。东西南

---

1 即湄公河。

北到处山峦崎岖，交通不易。

现在，以上海为起点，来看进入云南省的路，有以下三条。

一、溯长江，经四川进入云南的路

即从上海乘轮船溯长江而上，经汉口、宜昌进入四川，再经过夔州、万县、重庆至泸州后弃船陆行，南下经贵州省西隅进入云南至省城。或不过泸州而到叙州下船，直接陆行入云南，经昭通、东川至昆明。这条路为滇川大路，旅客、力夫及驮马络绎不绝。泸州至昆明要二十五天，叙州至昆明也要二十五天，两者常见的交通工具有马和轿子，相比之下，取道泸州，路况要危险一些。

二、溯长江，经湖南进入云南的路

即从汉口进入湖南，经岳州过洞庭湖，溯沅江到常德，再到辰州，弃船上岸陆行，经贵阳进云南。这就是那条所谓大官路。途经四川的那条路要过三峡，非常危险，而南方的那条又要经过外国，极为不便，因此，前清时代，朝廷大官走这条路已成为惯例。贵阳至昆明要二十天。

三、自上海到香港，经法属东京进入云南的路

即从上海乘海船经香港到法属东京的海防，沿铁道过河内至牢该，从河口入云南，再沿滇越铁路云南线经蒙自、阿迷至昆明。

以上三条路，经过四川的那条有三峡之险，途经湖南、贵州的那条，陆路过长，交通不便。第三条，即经过法属印度支那的那条路，海上有汽船之便，陆上有铁路之便，

不仅不用走路，而且仅需几天时间就可以抵达昆明。因此，今天去昆明，走这条路最为便捷。

现在，就上面的第三条路做更为详细的说明。

经由法属东京的路

一、由上海至香港

海路八百一十八哩，直航三天半便可抵达。若途中停靠福州、厦门、汕头港则需要一周时间。

可以乘日本邮船会社及大阪商船会社的轮船赴香港。日本邮船会社的船是直航。大阪商船会社的船需要在福州换乘。此外，中国的招商局、英国的怡和洋行及太古洋行、德法的轮船公司分别有香港至上海的航线。

二、由香港至海防

英国的怡和洋行、德国的 Gefsen & Co、法国的东方轮船公司有轮船通航。东方轮船公司的轮船是两周一班的定期航班，而其他公司的船则不定期。而且航班中，既有直达海防的船，又有经停海口或北海的船。是否经停，全凭有无装卸的货物而定。船费，洋舱四十两，统舱十元。无官舱、房舱等。所有的船都是不足千吨的小船，途中会被海浪无情地玩弄。轮船直航二至三天可达，途中停靠北海或海口，则要花四天或六天才到海防。

三、由海防至牢该

滇越铁路从海防起，经河内至牢该，再进入云南省，直到云南府（即昆明）终止。海防至河内段一百二公里三小时抵达，河内至牢该段二百九十六公里十二小时抵达。

四、由牢该至云南府

从牢该过南溪河便是云南河口。火车从河口沿南溪河在连绵群山间穿行北上，在阿迷停留一晚，再北行至宜良后西折，行至昆明。

云南省内的交通

前途是山，归路还是山，穿出一山又进一山。云南省真的只有山，甚至可以说，并非云南有山，而是群山之上有云南。如此一来，说它交通不便就是顺理成章的了。受交通不便的影响，云南省较之其他地方，文化的发展相对落后。

交通工具，除明治四十三年（1910）春开通的河口至云南的由法国人投资经营的滇越铁路之外，各地方只有供人乘坐的马和轿子，以及搬运货物的马和力夫。车在局部地方小范围使用，尚不足以成为省内交通工具。水牛为数不少，但只能用于耕作，不适合运送货物。云南马，体形极小，与我国的古北海道马类似，其承载量不过普通驮马的一半。然而其数量庞大，能用来解决一时之需。运费一天四十钱左右。据说，在条条道路都是险阻的云南，非云南土产马无法通行，经不起使用。

沿途的形势

云南至四川途中（昭通附近）

概　说

我自上海启程，取道海路经香港至法属东京，再沿滇越铁路至云南府，停留半个月后徒步北上，经东川、昭通到四川省叙州。现对沿途情况概述如下。

山岳及高原上的道路

群山连绵的云南，有一条南北走向的道路，即法属东京至四川省叙州的路。除昆明附近的一部分地区外，几乎全是山路。根据沿途山岳的地势，可将其分为四种类型。

（一）在山腹盘旋，在群山间蜿蜒穿行的路

这种路几乎占据全线的大部分，长坡、陡坡随处可见，道路艰险且不规整，前后左右山岳连绵。其间的平地仅有数十米至数百米宽。南自河口，北至叙州，大致就是这样的山路，只有其间的几个地方，有下述第二、第三种类型的道路穿插进来。然而那也不过是局部地方的情况。

（二）包围在崇山峻岭中的高原之路

河口至叙州之间，虽然重峦叠嶂，但各处高低有所不同。一般来讲，每座山的山岭都有一个比较开阔的高原。如果来到路途的最高处，就可以看到山峰如波涛般在左右连绵起伏，还可以越过山峰眺望远方。遥远的他方云遮雾罩，景色朦胧。此乃该行程中最壮观的景致。高原之路的这种特色，最为显著的是小龙潭至光头坡七十里路段和东川北红石崖至以扯汛七十里路段。

（三）四面环山的平原之路

蒙自、阿迷、宜良、昆明、杨林、东川、昭通等途中的几个有都邑的地方，基本上是十平方哩至三四十平方哩不等的平原。其间的道路，大多在田园上穿行。路况良好。平地的左右两侧尽头，连山矗立。

（四）沿河流延伸的路

这种路基本上与第一种类型的路一致。即沿着群山间流淌的河流延伸。河流时而向左，时而朝右，在山脚下蜿蜒流淌。两岸只见山岳高耸，不得远眺。除非沿途的河流来到平原，否则河畔没有一点平地，山岳自岸边拔地而起。道路在群山的中腹或谷底延伸。这种道路占全程的大部分。也就是说，河口到蒙自的铁道沿南溪河，阿迷至宜良的铁路沿大池河，鹦溪至东川的路沿以礼河（硝厂河），五寨至叙州的路沿洒鱼河即大关河向北延伸。

沿途的海拔高度

沿途地势高度及各地间的距离如下表所示：

地名	地势	海拔高度（尺）	距离	摘要
牢该	河畔	295		

续表

地名	地势	海拔高度（尺）	距离	摘要
南溪	河畔	600	8公里	
老范寨	山腹	496	28公里	
倮姑寨	山腹	4330	78公里	
落水洞	山顶	5183	13公里	
蒙自黑龙潭	山腹	5413	34公里	
蒙自县	平地	4725	3公里	南方的山7000尺
大庄	山麓	4330	16公里	
大塔	山麓	4000	15公里	
阿迷	平地	3750	11公里	东方的山6700尺
婆兮	山麓	4717	76公里	西方的山7007尺
徐家渡	山麓	7300	62公里	
宜良	平地	7000	40公里	
云南府	平原	6400	15公里	
板桥	平地	7300	40里	
杨林	平地	6500	60里	东南的山7600尺
羊街	平地	6350	60里	
柳树河	高原	6825	60里	
功山	山麓	6700	25里	从此上行
小龙潭	山腹	7275	25里	
野猪冲塘	高原	8100	30里	
光头坡	高原	8500	40里	
小梁子	山巅	9300	40里	
哨牌街	山巅	8100	15里	急下坡

续表

地名	地势	海拔高度（尺）	距离	摘要
大桥	山麓	7550	50里	到河畔
东川	平原	7250	60里	
珊瑚树	山巅	8300	95里	西方的山9900尺
以扯汎	山麓	6300	35里	
丫口塘	山顶	7100	30里	从此下行
江底	溪底	4400	90里	上行
大水井	山顶	7000	30里	
昭通	平原	6400	90里	东方的山8600尺
五寨	山麓	6400	90里	由此下行
大关	山腹	3700	60里	对岸的山8200尺
云台山	山顶	5800	80里	由此下行
大关河	河畔	1900	15里	
黎山店	山顶	4200	125里	
老鸦滩	河畔	1140	30里	
安边场	河畔	920	310里	到金沙江畔
叙州	河畔	800	90里	

平地及平原

云南一带乃山岳重叠之地，平地及平原极其罕见，偶尔有的也不过是山中的小盆地。然而，那些小平原是非常重要的区域，如果云南省内连这种小平原都没有的话，那就只是一片荒凉的山地，不太适合人类居住。就因为有这样的小平原，人们聚集而来，形成村落都邑，耕种收获，以供省内各地之需。因此，省内的农产地一定在这种平原和平地上。都邑在平原内，而村落散在平地或高原或山中。山中及高原，只栽种玉米和荞麦，其他的谷类皆由平原地带供给。实际上，云南省的存在真的全靠这些散在各处的小平原。

现在，把我走过的平地和平原简单介绍如下：

（一）蒙自平地

广约六平方日里，其中央有蒙自县城。中心地带是水田，外沿是旱地。平原尽头，群山壁立环绕四周。山距地面的高度约为二千尺。铁道在东部的山腹行走。平原的东北部有鲤海、长桥海二湖，湖畔有鹈鹕群聚。以县城为中心，四周有很多小村落。

（二）阿迷平地

蒙自至阿迷的铁道沿线是狭长的平地，有田有地。至阿迷，平地展开，形成平原。广约二平方日里，东西两侧山岳耸立，高度距地面约一千尺左右。阿迷州城位于平原西部山麓附近。平原东部有一河。多水田。铁道在州城东边的平地中央南北向延伸。阿迷平地，东西短，南北长。

（三）宜良平地

宜良附近，四周全是平地，丘陵也很低矮，视野比较开阔。宜良县城附近，已经是以滇池为中心的云南平原的一部分，田园甚多，只在东北部一日里开外有稍高的山。平地一直延伸至云南府附近。

（四）云南平原

云南平原是一个以滇池为中心，南及昆阳，东至宜良，西到安宁，北接杨林的大平原，云南省城位于平原中央，在滇池的北端。灌溉便利，多水田，是云南唯一的大米产地。旱地也不少，还有无数的果树。

（五）东川平原

东川平原是一个广约五平方日里的西面环山的平原。以礼河流经其西南。东川府城位于平原东边的山麓。平原上几乎都是水田。西部有一湖，大小约一平方日里。

（六）昭通平原

仅次于云南平原的第二大平原。南北长约三日里，东西五日里。水田不多，但旱地不少。大多栽培玉米。

关于以上各平地及平原，将在各论中详说。

河流及湖沼

沿途虽然河川不少，但要么是溪谷间奔腾的急流，无舟楫之便，要么是山间溪底的流水，无灌溉之利。云南四周皆巍峨高山，道路翻山越岭的话很难行得通，因而大多走河畔的溪地。总之，云南的河川虽然没有水运及灌溉之便利，但在道路开拓方面，却带来了很大的方便。

云南，除滇池之外没有大湖。南溪河发源于蒙自附近的山中，南行至河口汇入红河。河流湍急，河水清冽，铁道自河口沿河畔北上。河口附近，河宽约十间，河深三四尺至十尺左右，但越北上，河流越窄，成为溪流。水流颇急，几乎形成坡度舒缓的瀑布。在戈姑（距河口一百二十五公里）车站附近，铁道离开河畔。这一带，河宽五六间，河深二三尺左右。

滇越铁路沿线

河口 （附）牢该

红河从西北穿越重峦叠嶂，与东北方流来的南溪河合流后再向东南流去。在两河相交的三角形顶端，有一个百余户人家的城镇，即河口。河口位于云南省最南端，南隔南溪河与法属东京的牢该相望，西隔红河与法属东京的黑龙相对。南溪河上架有一桥，以连通河口与牢该两地。桥的中央为铁道，两侧为人行道及马车道。红河上没有桥，黑龙有法国兵营驻扎。这一带为要塞之地。

红河之水浩浩荡荡地流淌。河水红浊，颜色极不正常。南溪河又名盘江，即古临安的沅江。水量不大但水流湍急，且清澈如玉。然而，一河清流汇入红河后却不见了踪影。红河可以划船至上游，还可以行船至下游的海防。然而，自滇越铁道建成后，船运业逐渐衰退。南溪河上滩多水急，无法通船。

河口位于距海平面二百九十五尺的高地之上。市区北部有五指山，山上有中国的兵营，是先前革命党举旗的新战场。五指山被当地人称作高山，高出河口平地约二百尺。自此往北，地势一步高出一步，最终与平均海拔八千尺的云南高原相连。

河口位于云南省最南端，是与法属东京接壤的要冲。中国派副督办进驻，负责中外交涉。约有一个兵营驻守。此外还设有蒙自海关河口分关、邮政局及河口车站，约有百户人家居住，居民约五百人，基本上是广东人。

牢该又写成老挝[1]、老街或老开，都是当地发音Lao Cai的借用字。牢该是古南掌国的一部分，今天为法属东京北端的对外开放港口。北隔南溪河与河口相对，西隔红河与黑龙相望。黑龙一带也是法属东京的一部分。牢该城区修建在南溪河及红河河畔的平地上，地势狭长，规模不大。据说略大于河口，住户过百，人口五百有余。其中法国人约四十人，中国人二百余人，日本人十六七人，其余的都是安南人。日本人中，男性只有一人，其余皆为女性。此外，黑龙驻扎着法国军人四十人、安南士兵三百余人。

牢该和黑龙也背负着高山，也就是说，河口、牢该、黑龙三地皆位于红河或南溪河畔狭长的平地之上。不过，牢该背后的山，南下途中渐次降低高度，到东京时已变为平原。

法属地的山岳被郁郁葱葱的森林覆盖，竹林最为常见。一到中国境内，山体荒芜，树木更是难得一见。

滇越铁路始于法属东京的海防，行程三百八十九公里，

---

1 原文如此。

滇越铁路1（云南省）

滇越铁路2（云南省）

十五小时（跨夜）至牢该，再行四百六十五公里，十七小时（跨夜）至云南省城。河口站与牢该站仅一河之隔。

河口至蒙自

河口站位于城区东端的南溪河畔。铁道由此沿南溪河谷北行。上午七点十八分从河口发车，下午三点三十六分到蒙自黑龙潭站，行程一百七十一公里。

火车一出站就直接进入隧道。一出隧道就身处群山之中。铁道在山间蜿蜒穿行，顺着南溪河通向前方。左侧被近处耸立的高山遮挡车窗，无法远眺；右侧隔南溪河，与覆盖着翠竹、芭蕉等热带植物的东京群山相望；岸边的芦花投影清流，风光诱人。自河口行驶八公里过南溪站，再行十四公里到马街站。铁道距水面的高度不断上升，火车在群山的中腹盘旋而上，两岸的山势也一路走高。至山顶处，高山植物现身，白云高挂峰峦。从马街行驶十四公里过老范寨，再行十二公里过大树塘，更进十六公里到腊哈地。从此，山势只升不降，火车在距水面百余尺高的山腹中，顺着山崖走壁穿岩，弯来拐去地往山上开。山上没有树木。

铁道沿线几乎没有民居。河畔的丛林间有猿猴群聚。车站也只有铁道的附属建筑，鲜有民宅。百思不得其解的是山腹以下不见人家村落，而山腹至山顶附近，距车窗很高远的地方却点染着民居三五家，其周边有耕地。民居大多环抱竹林，而且一定坐落在山谷的一侧。山风顺山坡吹下来，碰到谷底，又朝对面的山坡往上吹。而且，那股从山顶吹往溪谷的风对人畜无害，但从谷底往上吹的风则含有瘴气，对人畜的健康有危害。带瘴气的风吹过的地方人畜无法生存。据说，风的方向恒常不变，因此，当地人都将住宅建在风往谷底吹的山坡高处，以此回避所谓的瘴疠之气。

火车从腊哈地出发，在群山的溪谷间越谷穿山。隧道接二连三，腊哈地至白寨的十一公里路段有四个，白寨至湾塘的十一公里路段十一个，湾塘至波渡箐十三公里路段十九个，其他路段情形大致相同。此外，开山铺设的路更是不胜枚举。足以见得，这条铁道工程，建设有多么地不易。

一过波渡箐，铁道一步高过一步。火车后部新挂一辆辅助机车，使火车还能在途中缓慢上下移动。火车在俯临峡谷的悬崖边行驶，穿过数十个隧道，跨过十余座铁桥。刚才还在朝东行驶，一过溪谷，就在对面的山腰上掉头朝西了。俯瞰溪谷，我们走过的路，在一河之隔的遥远下方。我们的火车几乎走到了山巅。这一带的山，海拔七千尺上下，山岭横卧窗前，白云飞舞窗边。远处，南溪河的河水咬石激岩，奔腾不息。

六小时，从河口开到戈姑，行程一百二十五公里。已经来到山的最高点，自此在高原上行驶。四周只见山峰相连的群山，不见树木。岩峰入云，石笋成林。戈姑有一些民居，还驻扎着中国军队。

从戈姑发车，继续沿着南溪河的上游行驶。山体坡度平缓，周边奇峰柱天。这一带没有树木，但地面上覆盖着青草。云朵间，奇岩怪峰忽隐忽现，景观奇特。来到芷村，这是一个大站，这一带地势较平，有民居，还有铁路员工的住宅、车库、仓库及工厂等不少建筑。

从芷村出发后北行，忽见左方出现一个盆地，这便是蒙自平地。蒙自县城位于平原的正中央。透过朦胧夕霭，可以看到市街。盆地的北边有两个湖，长桥海和鲤海。盆地的周围全是拔地而起的山峦。火车不走平原，而是沿东侧山腰上的路向北开到蒙自黑龙潭站。车站位于蒙自盆地东南边的山腹，距蒙自县城八公里的路程，要从这里下陡坡到平地，然后穿过田间小路步行前往。

火车从黑龙潭站出发，沿山腹向北行驶，到蒙自壁虱寨站。一路上，仍然可以俯瞰左侧的蒙自盆地。车站位于蒙自盆地的东北角，距县城十二公里。这段路，与黑龙潭至县城的路相比，坡缓路平，而且还通车。因此，货物进出蒙自，大都利用这个车站。黑龙潭有民居约二十五户。除车站外，还设有蒙自海关的分关、邮政局、电报局以及大通运输公司等机构。此外，法国人的住宅，中国人开设的饭馆和马店也为数不少。

蒙　自

蒙自平地是一个很大的盆地，四面环绕着海拔七千尺的高山，形如一个旧火山口。海拔约五千尺，东西宽二日里，南北长三日里，中央是水田，连接四方山麓的高地是旱地。蒙自县城位于平原的正中央，此外，有多个村落散在各地。北方有鲤海和长桥海两个湖泊。

蒙自平地的周围，山岳耸立，其西部有目则山。连绵的群山中有一座菊花山，在城西三十里处，二十余峰相连，秀丽如画。东部的高山由蒙自山、云龙山、将军山构成，铁道从将军山背部出来延伸至蒙自山的北部高地。北部没有高峰，比东部的群山稍矮，形成一带高地向北延伸。南部的连山称"猛虎出林"，在其东南隅，开山修建了一条道路，这就是通往蛮耗的路。长桥海在城北二十里处，鲤海在长桥海的西面，两湖之间隔着一个小山丘。县城南部有草湖，湖水时常干涸，一下大雨又化身为湖。它还有一个名称，曰学海。

蒙自作为一个规模不大的贸易中转口岸，市区小，商业不发达。虽有大商店，但仅有两三名店员打理业务。据称有四万人口，但实际上不会超过两万。东门外作为法国的租界地，设有法国领事馆和法国邮政局。外国人中，法国人有七十余人，大多为铁路工作人员。日本人有男性二人，女性十余人。此外还有意大利、安南、希腊、英国、德国等国的若干外国人居住。

蒙自至阿迷

蒙自县城西门的外面就是通往壁虱寨的大路。从西门外到壁虱寨有十二公里的路程。路宽二至三间左右，路面平坦，在田园间呈 S 形向北延伸。路上有运货牛车和水牛车通行，这些车打造得非常坚固。还有供人乘坐的骡马。路的左右是一片田园，白鹭在田间游玩，鹈鹕在湖畔群聚。平地尽头，出现舒缓的坡道，弯来拐去地伸向山腹，直抵壁虱寨火车站。

火车离开壁虱寨，在山丘间向北行驶，不久进入狭长的平地。右侧是宽约一百米的耕地，耕地边沿是拔地而起的群山。左侧隔着几座小山俯瞰一个比较开阔的盆地。这一带牛马成群。行十五公里过大庄站。左右两边，宽约二百米的平地进入视野。再行不久，平地退去，重峦叠嶂的山岳迎面而来。在群山中穿行，穿过若干条隧道到大塔站。大庄站至此有十五公里路程。

一过大塔站，山岭相连的山数量多起来，铁道在连山中呈 S 形延伸。左右两侧，山峰不断，群山连绵，其高度与铁道相差无几。一眼望去，看似平行地摆放着无数条曲线的平地。

出山来到平地，即阿迷平地，面积约一平方余哩。平地上，盘江东南流，四处多田园。阿迷州城在平地西隅。铁道在州城的东部、平地的中央贯穿南北。阿迷站在东门外一里处。距大塔十一公里，距壁虱寨四十二公里。下午四点七分从壁虱寨发车，五点五十七分抵达阿迷。火车在这里临时停车，夜间不行驶。

阿迷平地，南北约一日里，东西约半日里，其西边直接背负连山。南北隔田地与起伏的小山丘接壤。东部隔水田与鸟充山、买吾山等高峰相望。盘江自平地西南隅流来。水量不大，但方便灌溉。铁道自平地的东南隅过来，经州城的东部向北延伸。车站在东门外一里处。此地正当河口至云南省城的连接点，经济颇为发达。车站前的繁华逐渐压过城区。居住着为数众多的法国人。

阿迷至宜良

从阿迷出发后，只见铁道两侧有狭长的田地，田地边有连绵的丘陵，丘陵后方的远处是高耸天际的群山。行驶不久，平地完全消失，火车在重叠的山峦中穿行。车窗直接面对耸立的山岳，根本无法远视。沿大池河北上。河流的两岸，断崖千仞，奇岩突起，形成壮大的溪谷。铁道在大池河的左岸，穿断崖切岩石一路向前。景色绝佳。进入断崖下的隧道，在洞里右转后驶出洞口直接上铁桥，越过溪谷来到河的右岸。不久，左侧出现一平地，小龙潭站到了。上午六点三十八分从阿迷出发，七点十八分抵达小龙潭，行程十六公里。

小龙潭车站附近的平地约一平方哩。西面环山，点缀着好些村落，一片田园风光。从小龙潭出发，沿大池河右岸北行，直接进入连山的溪谷。怪岩奇峰并立，抬头仰望，天空如发丝一般。河畔有群猴嬉戏。上午八点九分到巡检司站。行程二十一公里。

巡检司是一个有百户人家的村落。离站北行，只见左右都是狭长的田地。不久后平地走完，火车进入山间沿河流北上。山势一度降低，河畔的平地开阔起来，宽度达到二百米左右，但很快又进入山中。山势急峻，山高谷深。谷间乱岩突起，崖下激流狂奔。火车在山腰上的悬崖下行驶。对岸有群猴嬉戏。上午九点二分到西扯邑。行程十八公里。

西扯邑只是山间的一个车站，没有人家。一过西扯邑，山势逐渐降低，地势变得平凡。河水一时间开阔起来，洋洋洒洒地流淌，水上漂浮着两头尖的小艇状小船。好像下行时用船尾舵操纵，上行时由纤夫拉着走。山上树木稀疏。九点二十八分到热水塘站。行程十公里。

在热水塘，见河对岸有十余栋土屋。沿河畔北行，不久来到平地。这里有婆兮站。上午十点到达。距热水塘十一公里。

婆兮一带的平地很大，估计有二平方哩左右，而且村落也不少。平地基本上被开垦了。从婆兮发车不久，平地走完又进入山中。山势渐渐平凡起来，绝景远离而去。山上完全不见乔木。赤褐色的土质至此变为灰白色。十点五十二分到达西洱站。行程十九公里。

火车驶出西洱，只见窗外山高树密，很有深山的味道。大池河越来越窄，水流越发湍急，西岸的风景又非凡起来。十一点三十分到糯租站。行程十八公里。

驶过糯租后，山谷愈来愈深，河流越来越急，一条支流从右侧注入大池河，交汇处形成一块小平地。田园间，住着一百来户人家。十一点五十七分到禄丰村站。行程十二公里。

在禄丰村过铁桥，来到河的右岸。山突兀高耸。松树繁多，其他杂木也枝繁叶茂，形成一片大森林。十二点三十二分到徐家渡站。行程十三公里。

徐家渡站外有一些人家，左方有一条路在山间往西延伸，是通往澄江府的路。路边驮马成群，山上树木渐少。下午一点一分到滴水站。行程十三公里。

滴水没有民居。深山走到尽头，高山化为丘陵。前行不久来到平地。河面又宽阔起来，一片汪洋。有很多民房。一点二十八分到狗街子站。行程十三公里。

狗街子站附近有很多人家。这一带为平地，视野首次打开。右边的平地宽二千米左右，左边的宽一千米左右。沿线果树甚多。由此可知，人家逐渐稠密。河幅越发开阔，估计有百米左右。水量也大，通舟楫。不久，火车离开河畔，左转进入低矮的丘陵间穿行。终于抵达宜良站。时间来到午后两点，行程十四公里。

宜良至云南省城

下午二点十分从宜良发车向云南省城行驶。右侧是田园，有一块宽约二公里的平地。左侧直面丘陵。发车不久平地走到尽头，火车又进入丘陵间穿行。山中多隧道，至可保村的十六公里路段就有十三条。二点五十一分到可保村站。

从可保村出发，在连山脚下，顺溪谷边沿行驶。俯瞰左方，有二三湖泊，风景迷人。三点五十一分到水塘站。行程七公里。

水塘站附近没有其他建筑，两侧是田园。从这里开始，铁道沿线是狭长的平地。四点三十六分到呈贡站，行程二十八公里。

呈贡站附近没有人家。这一带是平地，可以看见远处有一些人家。随着火车北上，平地逐渐扩大，田园开阔起来，人家群聚，山岳远去，沿路的形势一改原样。这就是云南平原，火车来到的地方便是云南省城昆明。火车站位于南门外三里的地方。下午五点十五分抵达。行程十五公里。距阿迷二百四十四公里。

云南省城附近的地势

一、山脉

从楚雄广通进入禄丰、罗次地方的山脉约有三支。其一从炼象关南下，经习溪岭为易门县诸山。其二自玉龙山为昆阳椒山，东走为铁锁山，再经晋宁呈贡为关东岭、罗藏山。其北部为岿峋山，再往北为梁王山，即位于罗藏山脉北部，蜿蜒百余里的连山。其西北有滇池，东南有明湖、抚仙湖。从梁王山分出一支向东经嵩明、嘉利泽进入寻甸，另一支折向西南为碧鸡山。即位于滇池西岸,省城南三十里处。与之相对,省城东二十五里处有金马山。此等山脉,远远地环抱着省城,从梁王山分出,贯穿中部者至省城终止,在省城北二十里处。还有银城山,在省城西北五里。商山在北三里,山下有莲花池。螺蜂山位于城内东北隅,只是一座小丘陵,仅高出地面一百尺左右。此外还有五华山、祖遍山等,都是城内的小山丘。山丘上有学校、民家等为数不少的建筑物。

二、水系

省城附近的河水皆发源于梁王山。梁王山东即嘉利泽。嘉利泽位于嵩明南十五里处,乃一周长百余里的湖泊,一名杨林海。湖畔西南有杨林街。流向东北的河流经曲靖、东川为牛栏江。西流的邵甸、牧养二河合流为盘流江,再南流入滇池。海源河发源于昆明西北六十里的花红洞,宝象河发源于岘岈山,马料河发源于省城东六十里的黄龙潭,金汁河发源于省城东北三十里的松花坝,银汁河发源于省城北二十五里的黑龙潭,皆汇入滇池。

三、滇池

滇池位于云南省城的南部,是一个南北长、东西窄的狭长大湖。南北一百二十余里,东西三四十里,地跨昆明、呈贡、晋宁、昆阳各县境。水清湖深,通舟楫。有来往于昆明与南岸昆阳的定期客船。每晚从两地发船,第二天抵达。滇池的西北部名草海,东南部名水海,草海一名大概来源于西北部的湖畔生长着繁茂的芦苇及胡枝子。从滇池的出口流出的水称螳螂川，流经安宁、富民进入武定境，为普渡河，再北流注入金沙江。

滇川大路

云南省城至东川

第一天　省城至板桥（四十里）

出省城南门，沿大街东行三里，到聚奎楼。左方有支路通武定。这一带土地广阔，是为云南平原，道路的两侧是二千至四千米的田园。路旁有小溪，两岸的土坎上，松木整然并立，与水田相望，蔚为壮观。平原尽头，有通往七甸、宜良的支路。在丘陵间，沿缓坡时上时下地前行。这边森林密布，路旁有陆军第十九镇辎重营。四方的丘陵不高，但遮挡视线，无法远视。行走十五里，到十里铺。

十里铺（十五里）。一个有二十户人家的乡村。由此上斜坡（坡度十分之一）。到坡顶，见右方远处，滇池之水汪洋一片。朦胧之中，西山突兀高耸。下坡后又是平地。走出不远，到放马桥。

放马桥（五里）。一个有五户人家的驿村。村中全是茶馆和饭馆。茶钱八文。再登高地（坡度六十分之一）。坡上有猓猡人的村落，十来户人家生活在简陋的草屋里。从高地下来，见右方有一山崖，突兀地耸立在群丘之间。

滇川大路1（云南省）

滇川大路2（云南省）

右侧是一千米平地。沿丘陵间的路下山，再次来到平原。左右两侧视野开阔，田地相连。保下河自北流来，河宽约三间，河水清澈。河上有座长三十间的桥。河畔有一破庙，名铜牛寺。

铜牛寺（十里）。道路由此地转向东北。在连绵的丘陵中爬上爬下直至板桥。一河自北方来。河面宽约十间，架有一桥。

板桥（十里）。一个贫穷的山村。住户约二百，商业萧条。当然，板桥是滇川大路和川黔大路上的驿站，旅店业比较发达。

（概说）基本上是平路，只是要上下无数个坡度为六十分之一至百分之一的斜坡。道路宽二至四间不等，通车。但是道路不规整，车行比较困难。这一带森林密布，最常见的是柏树。据说省城至板桥有四十里，换算成日本的里程数超过六日里，但实际上应该是四日里左右。从省城走四个小时，轻轻松松就能走到。

第二天　板桥至杨林（六十里）

从板桥出发，右侧有山丘，左侧是四千米左右的平原。路指向东北北。平原渐渐缩小，道路直抵丘陵。左右视野，可达三千米开外。途经新寺，这里住着四户人家，开有茶馆。道路由此转向东北。在丘陵上行走，左右视野开阔，可达三四千米开外。只是这片高地，山丘起伏，水田稀少，路旁有一些庄稼地，大多种着荞麦。途经浑水塘，有三户人家，距板桥二十五里。从这里前行五里到长坡。这一程，我们在丘陵上行走时，见四面山岭重重叠叠，群岭相连。视野开阔，景色壮观。四周有美丽的草原，还有很多簇拥成群的松树，皆为三叶松，果实硕大。

长坡（三十里）。一个有四十户人家的驿站。有很多茶馆和饭馆。走平地，往东北北行。这边是广阔的平原，左侧八千米开外有一高山。平原尽头又是高地。到小哨。

小哨（十二里）。约有二十户人家。有茶馆，茶钱八文。在高地上行走，越过山头，看见前方有一潭湖水。景色绮丽。湖水即嘉利泽，一名杨林海。路过小堡子。

小堡子（八里）。一个有三十户居民的路边村，非驿站。继续在高原性平地上前行。走十里，到杨林。嵩明州位于左方二十里处。右方有李官村、张官村等村落。

杨林（十里）。一个约有五百住户的大驿站，正当滇川和滇黔两条大路的分道口。市区繁华。旅店业最为发达，商业也比较有活力。设有巡警局、邮政局、厘金局以及嵩明州行台等机构。市区位于山坡上，紧靠杨林湖畔的平原。隔湖远望，东北方有药林山高耸云端。药林山是崇山峻岭中的最高峰。由此往北，平地走到尽头，来到所谓的云南高山地带。通往贵州的路在杨林湖的右侧向东延伸，通往四川的路在湖的左侧向北延伸。

（概说）总体上说来，属于高原性平地，眼界开阔但只能望见起伏的丘陵。草原多而松林也不少。坡道不多，偶尔遇到的一个，也比较平缓，坡度大约一百二十分之一。道路最窄处约一间，平均约为二间。路上多石砾，虽有牛车通过，但顽强的牛看似也步履艰难。从北方运送木炭、鸡、油等货物过来的牛车占绝大多数。

第三天　杨林至羊街（六十里）

从杨林出发，顺着杨林湖畔的丘陵地带朝东北北走。行十二里，路过猪街。不久后来到大平原。杨林湖在平原西南隅。这个东西宽二日里、南北长五日里的大平原上没有水田。到处是树林。林间散落着人家。从杨林走十五里，到杨桥河。杨桥河自西北流过来。

杨桥街（二十五里）。有茶馆。杨桥街在杨林平原的正中央。前行不久又遇见一条小河。河的周边是茫茫的水田。东西宽约四日里。到狗街，水田消失。

狗街（五里）。一个约有八十户人家的大驿站。有官栈、茶馆及饭馆多家。有厘金局。过狗街，走田埂。平原尽头，地势攀升，形成山坡。到青龙街。

青龙街（十里）。一个有二十户人家的小驿站。从这里开始在山坡上向东北北行。左侧是狭长的平地，有水田。一路上，有森林的地方多见村落。到达羊街。

羊街（二十里）。有厘金局。看见西面的山上，有一座三角形测量台。

（概说）基本上是平路。道路最窄处一间半，平均二间左右。通车。雨天道路泥泞，稀泥没膝。

第四天　羊街至柳树河（六十里）

从羊街出发，在丘陵上朝东北北前行。道路的左侧是狭长的平地。下坡，来到一处较为开阔的平地，到达井水街。

左侧有六百米，右侧有三千米左右的平原，皆为水田。

井水街（十三里）。一个有八户人家的小村。有茶馆。沿平地向东北行。路畔多荞麦地。还有不少的松树林。翻过一座小山再次来到平原。约三平方日里大小。平原的北隅有金所街。

金所街（十七里）。一个约有三十户人家的驿村。村子位于平原尽头，前方就是高地。这里正当岔路口，右行通寻甸，左行通四甲村。来到一个有十八户人家的小驿站。即魏所村。从这一带起，铜钱不流通。

魏所村（八里）。这一带是高原性平地，左右皆为开阔的原野，没有森林。走过有八户人家的江新，继续北行，到柳树河。

柳树河（二十二里）。一个贫穷的乡村，紧靠柳树河溪谷。溪谷中，杂木繁茂，水音风声和谐共鸣，平添几分寂寞。

（概说）这一带为高地，其间只有几处平原。道路不规整，车行困难。景色与高原类似。

第五日　柳树河至小龙潭（五十里）

从柳树河出发，沿柳树河左岸，在绵绵群山中逆流而行。经过甸头、垭口塘等几个小山村，到功山。

功山（二十五里）。一个约有四十户住家的大驿站。多旅店，茶馆。有税务局。平原平地至功山全部结束，由此地开始爬陡坡（坡度六分之一），走山路。左俯柳树河溪谷，对岸的山势逐渐走高。途中，渡过溪谷，在山腰盘旋而上。道路步步走高。自功山离开平地，爬二十五里的坡路，到小龙潭。前途依然高远。沿途的岩石间、清流旁，鲜花竞妍。仰望左右，突起的山峰上，白云高悬。

小龙潭（二十五里）。一座位于山腰的寒村。清水在林下流淌，白云在窗外飘飞。一个万籁幽玄，超然脱俗的山村。

（概说）柳树河至功山，沿途形势与昆明至柳树河这段别无二致，但自功山开始，路途离开平地进入山道，形势转变。没有像样的道路，要么在林间小道上分草而行，要么在山崖间、岩头边择步而进。不用说，全程不通车。马虽然能过，但行走艰难，而且，只有云南马才能通行。虽然没有大森林，但松树林为数不少。道路绕山腰，俯深谷。山巅烟云缭绕，路边鲜花盛开。至小龙潭，海拔已达到七千二百七十五尺的高度。

第六日　小龙潭至光头坡（七十里）

从小龙潭出发，爬坡度为六分之一至四分之一不等的陡坡。右侧，峻岭直立；左侧，隔深谷与高山相望。道路，沿溪边的斜坡逐渐往上。路畔，青松成林，野花遍地。从小龙潭行十五里，到山岭。岭上是高原，盛开着成片的野花。松树成林，岩峰成群。原野如海，岩峰似岛，松树如水草漂浮其间。我完全不知道该把飞来飞去的白云比作何物。道路穿过山岭花园向北延伸。在海拔八千五百尺的高原之上，这些花保持着美丽的容颜。我做梦都没有想到，我会遇见这个被荒凉的云南群山包围着的秀丽花园。穿过百花原野，走十五里到达野猪冲塘。

野猪冲塘（鱼翅塘）（三十里）。十二户人家。有很多茶棚，出售饮料食品。上路后先下坡去溪谷。坡度三分之一，溪谷很深。溪底有条小河。没有桥。徒步涉水后又爬溪谷。坡陡如削。山体直立面前。爬上山顶又是高原，与先前走过的高原只隔着一个溪谷。路指向东北。路旁有很多荞麦地。到大水塘。

大水塘（三十里）。十五户人家，有茶馆和茶棚。继续走高原。来到一平地。因下雨，平地变成了一个大沼泽。路就在这片泥泞中。走完平地，又上高地，这便是光头坡。

光头坡（十里）。一个有五十户人家的驿站。有厘金局。

（概说）从小龙潭开始，除了上高原的坡道和途中为了过河而爬上爬下的大陡坡之外，走的全是高原上的平路。道路通马。全程为自然天成的山路，不规整，宽窄不一。高原上盛开的鲜花，美丽迷人。

第七日　光头坡至鹧溪（八十里）

从光头坡出发，踏着晨雾在重重叠叠的连峰间穿行。在丘陵地带上下数次，行十里来到一河边。顺溪谷在河畔逆水而行。走十五里经过一个有十五户人家的村庄。河流越来越小，道路越来越高。不久离开河岸，爬一段长约三里、坡度二分之一的大陡坡。爬完坡，就来到哨牌山的山顶。这是滇川大路上最高的路段。海拔九千三百尺。山顶有四户人家，为旅客提供饮食。光头坡至此五十五里路程。之后的路，在山岭上向北延伸并缓缓而下。途中经过数个有两三户人家的村庄，再次下陡坡到谷底，来到河畔。河中水量较大。该河名以礼河。河畔的平地非常狭窄，两岸的高山群岭相连。道路沿河流在山腹盘旋。途中零零星星地住着三五户人家。河边柳树繁茂，两岸山岭挂云，风光绝佳。从哨牌山走二十五里，到鹧溪。

鹧溪（二十五里）。一个约有八十户居民的乡镇。在硝厂河畔。

（概说）道路不规整，多陡坡，马行困难。大河岸边，花团锦簇，蝴蝶飞舞。人家集中，少了深山中的情趣。

第八天　鹧溪至东川（九十里）

从鹧溪出发，沿大河的河畔而下。河水越来越多。两岸的山依然很高。河畔上烟雾缭绕的杨柳，河中清澈见底的水流，与高山融为和谐的一体，煞是好看。芦苇丛中，仙鹤成群，时隐时现；路端岩脚，百花盛开，争奇斗艳。走过好几个小村落，来到大桥。

大桥（三十里）。居民约四十户。有旅店和茶馆。一河从右边流来注入大河。

硝厂塘（十五里）。一个有三十户人家的驿站。途经大木厂，有十五户人家。又顺河畔下行，到慕魁塘。

慕魁塘（十五里）。一个有十七户居民的驿站。一河从左侧汇入大河，水量增大。两岸的山还是很高，只是河畔的平地开阔起来。

小乌龙（十里）。一个有二十户人家的驿村。一条小溪从右侧来汇。河畔的平地逐渐开阔起来，出现一些水田。

小水井（十里）。三户人家。走出这里，翻过一座小山，东川平原便展现在眼前。整个平原都是水田。途中，离开河畔，沿平原东隅的山麓行十里到东川。

东川（十里）。

（概说）一路沿河畔下行，全部是平路。河两岸，山高遮挡视线。沿途有大量的居民。随着东川的临近，水田逐渐增多，梨树随处可见。

东川一带的地势

一、山脉

过东川府境域内的山脉有三条。其中一条在西部沿小江行走，一条在东部沿牛栏江由南至北延伸，二者皆由寻甸梁王山北走至金沙江外。另一条由四川省会理州延伸而来。

沿小江而来，形成巧家厅与武定州分界线的一脉为绛云露山。在府城西二百数十里处。北走为凤魔岭，在府城西北二百数十里，正当通往会理州的大路。

在东部沿牛栏江入境的一脉从府城西南一百五十里的连三坡分走，其一西行为福载山，更西北行为尖山。福载山又称牛古牛寨山，在府城西南一百五十里。尖山在府城西北六十里，正当通往汤舟厂的大路。尖山山脉沿尖山河以北的小江，东走进入巧家厅境内为三台坡、鹦哥嘴等诸山，延伸至西北以礼河与金沙江合流处，在府城西北百余里。

从连三坡分出的另一脉，东北行成为南山及者海、新厂诸山，延伸至东部的牛栏江。

南山位于府城东南六十里，又分为二脉。一支从惠沙溪西行，经华泥寨为青龙、早翠诸山，另一支经惠沙溪西、洛泥河东，西南走成为翠屏、饮虹、马鞍诸山，再西走至以礼河。

青龙、早翠二山位于府城北十里处。翠屏山在府城南，西段为金钟山，东段为玉兽山。饮虹山位于府城西三里，有龙潭，风景绝佳。

马鞍山位于府城西南十里处，又从惠沙溪源头西北行，至以礼河以北者为玉屏、堂琅诸山。以礼河以西者为大凉山，在巧家东北三十余里，往西北延伸至牛栏江与金沙江合流处。

由金沙江外四川省会理州而来的一脉，进入巧家境内，在会通河以南者为大丰岭，位于府城西三百余里处，产铜矿，经济相当繁荣。会通河以北者为梁山、阿木可租山、老鸭山，皆位于巧家西北部。东南走，至金沙江北折处。

二、水系

金沙江自西而来，在禄劝北普渡河口入境。东北行，左纳会通河，右合小江，又东北行，左收披沙水，右纳以礼河，又东北行，左合木期古水，右会牛栏江，北行入昭通鲁甸境。

会通河自会理州发源，南行至梁山南，折东南，经普毛厂东、阿木可租西，入金沙江。

小江又称壁谷江，发源于寻甸清水海（一名车湖），东北行，入境，会普翅、中厂、花沟及偿俸诸水，西北行，入金沙江。

披沙水发源于会理州，东流至披沙南入金沙江。

以礼河发源于府城西南一百三十里的饮马川及鹞溪诸山，会洛泥、惠沙诸水西北流，经府城西部，再北流入金沙江。

木期古水发源于木期古土司山中。

牛栏江一名车洪江，发源于梁王山及嘉利泽，北流，由沾益入境，纳沙河，东入贵州威宁境，再北折，又入云南境内，为会泽与鲁甸的边境，纳硝坡河，北流进入金沙江。

东川至昭通

第一天　东川至红石岩（六十里）

从东川出发，走出府城，顺东川平原往北走。周围全是水田。右侧有一小湖，周长一日里左右。走十五里来到平原尽头，开始走上坡。

坡脚（十五里）。有四户人家。位于东川平原尽头的山脚下。从这里直接上坡度约三分之一的陡坡。爬十五里长坡，到山岭。岭上有座龙王庙。

龙王庙（十五里）。有三户人家。这一带地势高，多旱田，村落散在各处但为数不少。有一小溪，溪上架有独木桥。挑夫及马无法从桥上通过，要去下游绕道。

敦仁乡（八里）。有五户人家。道路逐渐走低。右侧山势较高，左侧俯瞰平地。从敦仁乡步行四里，下溪谷边的陡坡到红石河畔。路上多岩石，步行艰难。坡底河畔处便是半边箐。

半边箐（七里）。十户人家。有好几家茶馆和饭馆。一路顺着河流往下行。两岸高山，连绵不断。道路在河床上延伸。据说，一下大雨，河水就会猛增，交通会因此中断。前行十五里，到红石岩。

红石岩（十五里）。一个约有四十户人家的贫困乡村。位于红石河左岸，背靠大山。

（概说）道路在七千至八千尺的高地上，路面高度与四面的山相差无几。道路极不规整，但马可以通行。没有森林。离开东川平原之后，没有见到水田。

第二天　红石岩至以扯汛（七十里）

从红石岩出发，有一河从左侧流来。艰难跋涉。沿河道行走一里路程，开始爬河边的陡坡。之后又下坡来到溪谷。谷底有河床但没有河水。走河床，上行数里后离开溪谷来到一高地。只见稀稀拉拉地有一些小松树，此外没有可称之为树木的植物。高原又走到尽头，开始爬峭坡。一步一喘，数步一歇。路的前方，千山万岳连绵不断，景色壮观。爬陡坡约三里到达山顶。顶上有一小村，名源水井。距红石岩二十里。

源水井（二十里）。一个有四户人家的村落，有小茶馆。从这里开始进入高原。道路平坦。四面一山又一山，峰峰相连，直至遥远的地平线，恰如大海的波涛此起彼伏。在日光的映照下色彩纷呈，绚丽夺目。

珊瑚树（十五里）。一个有十五户人家的山村。道路从此走低。路边松树成林。

老马店（十五里）。两户人家。仍然走上下起伏的坡道。行数里后开始下陡坡。下坡后过溪谷。谷底有一小河，是牛栏江支流硝厂河的一条支流，名头道河。河上有石桥。从这里又爬一个长约三里的大陡坡。此乃昆明以来的最大陡坡。翻过山岭后坡度减缓，下坡来到白沟街。

白沟街（十里）。一个有三十来户人家的驿站，可以留宿。至此，路边才出现平地。大多种着玉米。

半边街（二里）。一个有四户人家的小村。穿过田间地头，终于来到小平原。稻田连畴接陇，四边村落密集，树林也为数不少。横穿平原来到的地方便是以扯汛。

以扯汛（八里）。一个有七十来户人家的大驿站。有很多马店。有厘金局。

（概说）虽然中间路段在山岭上的高原地带，道路平坦，但整条路段，多为陡峭的坡道，是昆明至叙州之间最难走的路。几乎全是山路，宽窄好坏不一。

第三天　以扯汛至江底（六十里）

从以扯汛出发不久，平地走到尽头。沿小河，在连绵的丘陵中逆行北上。

堰沟边（十二里）。

中寨（八里）。七户人家。四边的山上多树木。依

铁索桥 江底（滇川大路）

然逆流而行，终于离开溪谷上山。爬陡坡。

丫口塘（十里）。一个有八户人家，位于山顶的驿村。从这里到江底的三十里路程都为下坡路。路边到处是耕地。沿溪流下行。

西格函（十五里）。两户人家。

石桥村（八里）。沿溪流左岸下行。下到坡底，遇牛栏江激流自东而来。河上有铁索桥。光绪十四年（1888）开工架设。过桥便是江底。

江底（七里）。约三十户人家。牛栏江之水在城区流淌。牛栏江在这里称法纳江。黄浊的江水滔滔奔腾，击石咬岩。

（概说）行程大多走河畔的小径或河床。道路不仅宽窄不一，而且河床上根本没有像样的路。丫口塘至江底的三十里路段是一条下坡路，走到谷底，道路中断。

丫口塘附近，海拔高度七千一百尺左右，而到江底，海拔降至四千四百尺。

第四天　江底至桃园（六十里）

从江底出发，离开法纳江直接爬一个巨陡的坡，道路竖立在面前。前行五里，到一村落。村中有三户人家。从这里开始坡度减缓，但依然是走几步就需要歇口气。

松毛棚（十五里）。两户人家。仍然在半坡上。回头遥望，重峦叠嶂，景色壮观。

大水井（十五里）。一个有十户人家的驿村。在山顶上。从大水井前行一里，到朴窝山的山顶。路边是原野，没有树木。前后左右山岳矗立，在日光映照下熠熠生辉。从这里开始走下坡路。半山腰上，见有人在路边采煤。煤质看似不好。

黑山讯（二十里）。十户人家。来到平地，路边大多为耕地。随着前行，平地越来越宽，还有不少水田。路边地头以及丘陵地带，有大量的水晶。单结晶体，无色透明，有一部分呈灰色。大小六七寸不等。

桃园（十里）。一个颇具规模的城镇。走出不远，平原开阔起来。多见水田。

（概说）从江底上陡坡再次来到七千尺的高地。然后又下坡到六千四百尺的昭通平地。道路虽为山路但路况较好。从大水井下山至桃园这段路，幅宽一至二间，平整，但尚未达到通车的程度。

第五天　桃园至昭通（六十里）

从桃园出发，在水田间绕行。向北行十里，来到八仙海。这是一个周长约二日里的狭长湖泊。路环绕湖畔。有二十里路程可以借助小船移步。水田四周开阔，有村落散在。水田里有成群的鹈鹕。

秉礼乡（十八里）。

土砢寨（十二里）。

龙山寨（十五里）。十户人家。道路平坦。穿过田地间的几座村落，到昭通。

昭通（十五里）。入滇以来遇到的第一个辽阔平原。只是水田偏少，大多为旱地。府城位于平原中央。平原的四方，点缀着不少的村落。远处，低矮的群山环绕四周。

（概说）平路坦途，通车。四周少水田多旱地。居民逐渐增多。

昭通一带的地势

一、山脉

山脉主要有三条，皆由贵州威宁入境。一条自得胜坡一分为二，另一条经牛栏江北、鲁甸南为大黑山和乐马厂山，西北行成为大凉山，北经分水岭为永善诸山，与金沙江并行，进入四川省屏山县境内。

大黑山在鲁甸厅西南四十里，乐马厂山在南八十里，大凉山在西一百四十里。

从得胜坡进入恩安县境内的山脉为凤凰、龙洞诸山，西北行，经大关北境角山至角魁河与利济河交汇处。

另一脉，自洛泽河入镇雄西境为沙境山，在镇雄西二百二十里。更至九股水分走东西。西为丹凤、圆明洞诸山，至洛威河与洛泽河交汇处。东为天生桥诸山，又过洛威西北，走大关北为黎山。在大关北一百五十里。更北行，入四川筠连县。

二、水系

金沙江自南东川界流来入境，会牛栏江经四川西昌北流，右纳大鹿溪，入四川省屏山县境。

洒鱼河在金沙江东并行北流。其水源发于大凉山东麓，右会普五寨水、擦拉河，左纳八仙海之水，会利济河北流至大关，左纳永善诸水，右会角魁河为大纹溪。入四川省与金沙江汇合。

大鹿溪源于永善县北大鹿山，入金沙江。

普五寨水发源于昭通府南四十里普五寨，北流入擦拉河。

擦拉河发源于鲁甸西南四十里的大黑山山菁，纳普五寨水、八仙海水北流入洒鱼河。

八仙海发源于府东二十五里的龙洞山，乃一狭长湖泊。

利济河同源于龙洞山，西流入洒鱼河。

角魁河上游即洛泽河，发源于贵州威宁，北流入境。

龙塘、威洛河诸水自东来汇。

龙塘河在镇雄西三百七十里。河宽百丈，极深。

昭通府境内西部还有白水江、黑墩河、赤水河、苴虹河诸水。白水江上游名称八匡河，发源于贵州，会九股水、黄水河、小溪河诸水入四川，为定川溪，入长江。

黑墩河发源于四川长宁，东流，合玉贵河北流，入四川为宋江，入长江。

厂丈河纳两洒河、洛甸河诸水，东流为赤水河，入贵州省。

苴虹河发源于鸟通山南，合诸小河，南流入贵州。

昭通至叙州

第一天　昭通至闸上（二十五里）
从昭通出发，出北门，穿玉米地向北行。路边多人家。
邓子寨（十五里）。十户人家。
闸上（十里）。一个约五十户人家的驿站，位于昭通平原北隅。山坡自北逼近此地后中断。东三里处有一名胜，称龙洞。山间松林中，有清流从洞中流出，名灵泉。
（概说）道路平坦，通车。沿途的田园间，有很多民居。
第二天　闸上至五寨（七十五里）
从闸上出发，沿溪流在山间的狭小平地上北行。
闸沟（十里）。一个有二十户人家的小驿站。有厘金局。道路由此上行。爬上山岭，但见北方的群山连绵至远方，看不见路的尽头。行五里后，下陡坡至谷底的通路，到五马海。

五马海（十五里）。一个约有三十户人家的驿站。城区极其脏乱。从这里开始，道路沿溪流而下。溪水清澈，水量逐渐增多。路非常难走。这是洒鱼河的一条支流，河畔的小平地旁依然是连绵的山岳。

小涯河（二十里）。一个有二十户居民的河畔小村。这一带，河畔的山脚下多民居。而且还有一些水田。

头寨（十里）。一个有八户人家的河畔驿村。

关寨（五里）。十户人家。

三寨（五里）。十户人家。

新五寨（五里）。一个有四十户人家的驿村。城区比较繁华。

老五寨（五里）。有四十户人家。虽然是个驿站，但地处山间，阴晦贫穷，没有好旅舍。背负高山，面向河流，隔河与山相对。遥望山上，有一丝瀑布悬挂山间。河畔只有若干旱地，此外不见平地。

（概说）除山岭上的那段路，道路都在河畔的平地上，但不规整。

第三天　五寨至大关（六十里）

从五寨出发，在山麓的岩石上踩来踏去，顺河畔一路下行。走出五里，离开河道走山间小平地。两旁的山峰上悬挂着如丝般细瀑。前行不久，从笔直的陡坡下到深谷。

水流从地下涌出，直接成为一股溪流，滔滔向北。从两侧流来的溪水不断汇合，溪流逐渐变大。这就是洒鱼河的上游。洒鱼河在大关附近的这一段为大关河。

出水河（十五里）。一个约有二十家住户的河畔驿村。路沿河畔而下。两岸的山势很高。

大石兴（五里）。六户人家。

杨柳树（十里）。二十户人家。

李子坪（十里）。六户人家。

棚子门（十里）。七户人家。路沿河右岸的山麓下行。在缓急不定的小坡上爬上爬下，一路向北。两岸的山，岩峰突兀，不见树木。

大关（十里）。户数约一千，人口约七千，是附近最大的都邑。城区以矮墙环绕，位于河畔的半山腰上。远处，可见大关河急流在城下滔滔奔腾。

（概说）只有河畔上一条通路。两岸的山势很高，视野不开阔。至大关附近，河幅增宽，有六七间。浊流滔滔奔腾。河床倾斜，陡急处，河水如瀑布般飞泻。

第四天　大关至大湾子（七十五里）

从大关出发，沿大关河畔下行。

老厘金房（五里）。两户人家。前行五里开始下坡。尚未离开河畔。

大店（十里）。三户人家。

窄口坝（十里）。三户人家。

河口街（十里）。八户人家。

黄葛溪（十里）。十五户人家。过河到左岸便是黄葛溪街上。

牛把涯（十五里）。在左岸山崖半腰上。路由此在山腰上向北盘绕。深谷中有一河。两岸的山势很高，岩峰直插云霄。景色壮观。山峦间，洒鱼河干流从右侧流来与大关河合流。

大湾子（十五里）。一个高高地坐落在河畔山腹上的驿村。山岚弥漫四周，非常荒凉。

（概说）沿河畔的路时上时下。道路极不规整。两岸只有高峰连岳，既不见平地，也无法展望。山腹上，目光所及之处全是玉米地。随着下山，道路离河畔越来越远，在山腹间向北延伸。

第五天　大湾子至七里铺（六十里）

从大湾子出发，沿洒鱼河溪谷，绕山腹前行十里，到干海地。

干海地（十里）。一个小村子。路依然在远离河畔的高高的山腹上延伸。两岸的连山相对而立，山峰高耸入云。洒鱼河的激流，在深深的谷底撞击岩石，水声响彻溪涧，震荡山谷。从谷底刮来阵阵烈风。

青岗坪（二里）。八户人家。由此开始下坡。三里长的陡坡。

云台山（三里）。一个有三户人家的驿村。在陡坡的半道上。村中有道教寺院，名云台山。继续下坡，终于走到河畔，坡道结束。从这里开始，沿河畔下行。

大关河（十里）。五户人家。四周的山上有大量的钟乳石。

关溪（十里）。一个有十户人家的河畔小驿站。

石隔桥（十五里）。六户人家。路再次离开河畔爬上山腰。终于来到一处可以远远地俯瞰到溪底河水的地方，这便是七里铺。

七里铺（十五里）。一个有百户居民的驿站。城区比较规整。坐落在山腰的高处，周围没有平地。当地人在山坡上种植玉米。高山逼近街区。能远远地俯瞰到溪流。

（概说）道路以及沿途的形势与前一天的别无二致。只是觉得两岸的山势在逐渐升高。

第六天　七里铺至豆沙关（六十里）

从七里铺出发，下河畔，在山脚下的小山坡间爬上爬下，在岩石间穿来穿去一路向前。路旁，牵牛花烂漫绽放，花蝴蝶欢快起舞。

回龙溪（十五里）。二十户人家。这边的道路都是河畔上的平路。

马蹄石（十五里）。三户人家。

砂塔儿（十五里）。三户人家。两岸岩峰高耸，山顶消失云中。前方，有大断崖壁立。路在左岸的断崖中腹。石梯陡急，直指胸口。上有巨大山岩，下为千尺断崖，俯临滔滔河流。所谓的路，就是一条栈道而已。路的最高处，即古时豆沙关，石造关门至今尚存。巍峨山峰，滔滔激流，扼守此地的豆沙关乃名副其实的天下险关。由豆沙关旧址前行二里，到豆沙关街上。

豆沙关（十五里）。一个约有二百户人家的大驿站，在山腹。有公立幼等小学堂。

（概说）沿河畔的山坡爬上爬下往前走。虽然这一带是石板路，但一步踩虚，就有可能坠落数十丈的悬崖，被滔滔翻卷的激流吞没。途中，牵牛花在岩间水边竞相绽放，美丽的蝴蝶在鲜花丛中翩翩起舞，美不胜收。

第七天　豆沙关至老鸦滩（七十里）

从豆沙关动身，一出城就遇到陡坡。下到河边，顺洒鱼河向左转，沿小支流逆水而上。

回道溪（十二里）。一个有十户人家的驿村。村中只有饭馆。一条小支流从左侧流来。

下马溪（八里）。三户人家。又爬陡坡，坡道陡急。途中有好些茶馆，以供旅客休息。山顶便是黎山店。

黎山店（十里）。一个在山顶的驿站，只有饭馆。下陡坡。坡度十五分之一左右，但路面的石头铺得不错，很好走。

二磴坡（十五里）。在山坡的半道上。

张河坡（五里）。八户居民。下坡到谷底。洒鱼河从右侧而来，流经街道南部。河上架着一座大桥。

老鸦滩（十里）。一个位于洒鱼河右岸的大驿站。一名盐井渡。街区的繁华程度超过东川和昭通。设厘金局、邮政局、小学堂、巡检卫门等机构。洒鱼河之水，洋洋洒洒流淌至此。有小船通往下游。但据说河滩多，舟行危险。船只约四间长，前后都有橹。老鸦滩至叙州之间不通马，由昆明过来的马在此掉头，返回昆明。两岸的山势有所降低。

（概说）离开洒鱼河，翻越黎山店所在的山岭到老鸦滩，再到洒鱼河畔。道路都是很不规整的山路，只有黎山店至老鸦滩路段，铺着石头。沿途的山岳走低，没有森林。

第八天　老鸦滩至深基坪（七十里）

从老鸦滩出发，顺角魁河旁的断崖，在山腹上转来转去，道路高低不定，险峻狭窄，不通马。

黄葛槽村（二十里）。四户人家。

临江溪（二十里）。三十户人家。又称沐泳乡。街区在临江的悬崖上。可住宿。

老李湾[1]（十里）。六户人家。

深基坪（二十里）。一个有三十户人家的河畔驿村。

（概说）一路沿角魁河右岸下行。这一段路虽然是石板路，但一侧靠断崖巨岩，一侧俯临河谷激流，相当危险。从这里开始，马无路可走。

第九天　深基坪至滩头（七十里）

从深基坪出发，沿角魁河畔下行。

蕉岩（十里）。十户人家。

普洱渡（十里）。一个约有三百户人家的大驿站。有巡检卫门、厘金局及两等小学堂等机构。从普洱渡行二十里，离开河畔开始爬坡。坡道尽头是平地。田园多，有村落散在。

黄泥坡（三十五里）。在水田间穿行。

---

[1]　今捞里湾。

老鸦桥（滇川大路）

老鸦滩（滇川大路）

云南与四川的交界处（云南四川通路）

岚店子（十里）。前方连山重峦叠嶂，四方山上树木繁多。下坡再次来到河畔。走过支流上架设的云路桥，直抵滩头。

滩头（五里）。住户约二百。有邮政局、两等小学堂以及厘金局。据说，这里有定期航班通往下游的叙州，一天发一班船。

（概说）顺河边的山腹一路向下，再离开河畔爬上高地，那里有水田，乃一处比较开阔的平原。再从高地下至滩头，又进入河畔的窄路。

第十天　滩头至捧印村（七十里）

从滩头出发，沿河畔下行。两岸山势不凡。山峰高处有人家。

石头坡（十里）。一户人家。

新场（十里）。六十户人家。自新场北行十里处是云南四川的交界线。

燕子坡[1]（十里）。六户人家。从此地离开河畔爬一段五里长的陡坡。坡道尽头是平原，多水田，树木也不少。有四川巡防军防营。举头眺望，云南的群山连绵至远方。

新店子（二十八里）。七户人家。路旁多水田。丘陵地带，但地势低矮，高地上树木繁茂。人家多。

捧印村（十二里）。一个约有四百户人家的大驿站。街道井然有序。

（概说）自进入四川省界以来，沿途的形势摇身一变。平地皆被开垦，山上树木成林。丘陵低矮，至山顶，土地

---

[1] 原文是"畔子坡""燕子子"。

开垦良好。田园广袤，人家聚集，道路四通八达。鸡打鸣，孩童嬉戏，狗四处乱跑。完全没有了深山幽谷中的情趣。

第十一天　捧印村至横江（五十里）

从捧印村出发，在田间的小路上穿行。

石盘山（十五里）。从这里开始是一条长约五里的下坡路。

甲弟乡（十里）。二十户人家。沿途皆为平地。多水田。经过黄葛树、宽路边等小驿站到横江。

横江（二十五里）。一个约有七百户人家的大都邑。从洒鱼河上可以看到，每天有民船从这里往返叙州。这一段洒鱼河，幅宽约一町，河水洋洋流淌。虽然河中多浅滩，但不妨碍航行。从叙州到这里，可以开小蒸汽轮船。

（概说）沿途可以开垦的地方皆得到开垦，可以种植的地方皆植树成林，没有半寸荒地。是田地间有树木，还是树木间有田地，难以分辨。说它是树林，但它的下面田地相连；说它是田园，但它的中间树木成林。那些小山，从山脚直到山顶，间隔一定的距离平整出一块块弧形的土地加以耕种，弧线上整齐地种上一排排松树，成排的松树之间便是田地。

第十二天　横江至叙州（一百四十里）

从横江出发。横江至叙州，因船行方便，旅客大多依靠水路。从横江大码头上船，四个小时就可抵达叙州。两岸小山连绵起伏，村落随处可见。路在河水的右岸。两岸景色平凡起来。河畔有平地、有田圃。山不高，呈丘陵状。

安边场（五十里）。住户约二百。途中与自西而来的金沙江相遇。安边场在金沙江汇合处的左岸。金沙江与洒鱼河，幅度相差无几，但金沙江水流稍急。河宽三十间左右，两江合流之后，河宽增至二町左右。两岸的山再次降低高度，越来越有平原的味道。

杨树溪场（五十里）。住户约五百。位于金沙江左岸。右岸山上有一高塔。

叙州府（四十里）。岷江自北而来汇入金沙江。城区位于两江的合流处。街道井然，其繁荣程度远超云南省城。

（概说）水路交通方便。

（附录）滇川大路驿站路程表

留宿驿站		通过驿站		里程（里）			海拔高度（尺）	摘要（通过驿站还包括途中的小村落）
驿名	户数	驿名	户数	各驿间	各宿间	累计		
昆明							6400	
		十里铺	20	15				平地、平路
		放马桥	5	5				平地、平路 有茶馆
		铜牛寺		10				平地、平路 有小河
板桥	200			10	40	40	7300	平地、平路 有小河
		新寺	4					丘地、平路
		浑水塘	3	25				丘地、平路 有茶馆

续表

留宿驿站		通过驿站		里程（里）			海拔高度（尺）	摘要（通过驿站还包括途中的小村落）
驿名	户数	驿名	户数	各驿间	各宿间	累计		
		长坡	40	5				丘地、平路 有茶馆，松树多
		小哨	20	12				丘地、平路 有茶馆
		小堡子	30	8				丘地、平路
杨林	500			10	60	100	6500	滇川大路与滇黔大路的岔道口 丘地、平路
		猪街	10	12				
		杨桥街	10	13				平原、平路 有茶馆
		狗街	80	5				平原、平路 茶馆、饮食店多
		青龙街	20	10				平原、平路 茶馆、饮食店多
羊街				20	60	160	6500	丘地、平路
		井水街	8	13				丘地、平路 有茶馆，茶八文
		金所街	30	17				平地、平路 途中有小山，坡陡
		魏所村	18	8				丘地、平路 铜钱行不通
		江新	8					丘地、平路

续表

留宿驿站		通过驿站		里程（里）			海拔高度（尺）	摘要（通过驿站还包括途中的小村落）
驿名	户数	驿名	户数	各驿间	各宿间	累计		
柳树河	40			22	60	220	6825	丘地、平路
		垭口塘	5	5				溪地、平路
		功山	40	20			6700	溪地、平路 由此进山，坡陡 有旅舍
小龙潭	20			25	50	270	7275	山路、上坡 山腰有客栈
		钢厂村		15				山路 路尽头是高原
		野猪冲塘	12	15			8100	高原、平路 又称鱼翅塘
		石丫口	8					高原、平路
		大水塘	15	30				高原、平路
光头坡	50			10	70	340	8500	高原、平路 又称雷头坡
		塘房	5					高原、山路
		小梁子	4	30				溪地、山路 有陡坡
		哨牌山顶	1	10			9300	山地、坡道 山顶，由此下山 到溪地

续表

留宿驿站		通过驿站		里程（里）			海拔高度（尺）	摘要（通过驿站还包括途中的小村落）
驿名	户数	驿名	户数	各驿间	各宿间	累计		
		哨牌街	5	15				溪地、平路
鸥溪	80			25	80	420		溪地、平路
		大桥	40	30			7550	溪地、平路河岸边
		硝厂塘	30	15				溪地、平路
		大木厂	15					溪地、平路
		慕魁塘	17	15				溪地、平路
		小乌龙	20	10				溪地、平路
		小水井	3	10				溪地、平路
东川				10	90	510	7250	溪地、平路
		坡脚	4	15				平原、平路由此走上坡
		龙王庙	3	15				山地、坡道
		敦仁乡	5	8				山地、平路
		黑土基	3	2				山地、山路
		半边箐	10	5				下到河畔

续表

留宿驿站		通过驿站		里程（里）			海拔高度（尺）	摘要（通过驿站还包括途中的小村落）
驿名	户数	驿名	户数	各驿间	各宿间	累计		
红石岩	40			15	60	570		溪地 顺河畔下行
		源水井	4	20				山路、多坡
		珊瑚树	15	15			8300	山路、多坡
		老马店	2	15				山路、多坡
		白沟街	30	10				山路、多坡 有大坡
以扯汛	70			10	70	640	6300	山路、多坡
		堰沟边		12				平路
		中寨	7	8				平路 由此走坡道
		丫口塘	8	10			7100	山顶，由此下坡
		西格凶	2	15				下坡道
		石桥村	7	8				下坡道
江底	30			7	60	700	4400	溪底 下坡道尽，又走上坡

续表

留宿驿站		通过驿站		里程（里）			海拔高度（尺）	摘要（通过驿站还包括途中的小村落）
驿名	户数	驿名	户数	各驿间	各宿间	累计		
		松毛棚	2	15				陡坡
		大水井	10	15			7000	山顶 由此下山
		黑山讯	10	20				由此进入平路
桃园				10	60	760		平路
		秉礼乡	7	8				平地、平路
		土砢寨		12				平地、平路
		龙山寨	10	15				平地、平路
昭通				15	60	820	6400	平地、平路
		邓子寨	10	15				平地、平路
闸上	50			10	25	845		平地、平路
		闸沟	20	10				溪地、山路 有上坡
		五马海	30	15				溪地、山路 由此顺河畔下行
		小涯河	20	20				溪地、山路
		头寨	8	10				溪地、山路

299

续表

留宿驿站		通过驿站		里程（里）			海拔高度（尺）	摘要（通过驿站还包括途中的小村落）
驿名	户数	驿名	户数	各驿间	各宿间	累计		
		关寨	10	5				溪地、山路
		三寨	10	5				溪地、山路
		新五寨	40	5				溪地、山路可留宿
老五寨	40			5	75	920	6400	溪地、山路旅舍脏
		出水河	20	15				下陡坡到河岸河畔有驿村
		大石兴	6	5				沿河畔下行
		杨柳树	20	10				沿河畔下行
		李子坪	6	10				沿河畔下行
		棚子门	7	10				沿河畔下行
大关	1000			10	60	980	3700	沿河畔下行有大宿驿
		老厘金房	2	5				沿河畔下行
		大店	3	10				沿河畔下行
		窄口坝	3	10				沿河畔下行
		河口街	8	10				沿河畔下行

续表

留宿驿站		通过驿站		里程（里）			海拔高度（尺）	摘要（通过驿站还包括途中的小村落）
驿名	户数	驿名	户数	各驿间	各宿间	累计		
		黄葛溪	15	10				沿河畔下行
		牛把涯	1	15				沿河畔下行
大湾子				15	75	1055		沿河畔下行 有山村
		青岗坪	8	2				由此下陡坡
		云台山	3	3				在陡坡中段下到河畔
		大关河	5	10			1900	沿河畔下行
		关溪	10	10				沿河畔下行
		石隔桥	6	15				上山至山腹
七里铺	100			15	60	1115		沿河畔下行
		回龙溪	20	15				沿河畔下行
		马蹄石	3	15				沿河畔下行
		砂塔儿	3	15				沿河畔下行
豆沙关	200			15	60	1175		沿河畔下行 在山腹

续表

留宿驿站		通过驿站		里程（里）			海拔高度（尺）	摘要（通过驿站还包括途中的小村落）
驿名	户数	驿名	户数	各驿间	各宿间	累计		
		回道溪	10	12				离开河畔
		下马溪	3	8				由此上坡
		黎山店	8	10			4200	山梁 由此下坡
		二磴坡	3	15				在坡道中段
		张河坡	8	5				到溪地
老鸦滩				10	60	1235	1140	又称盐井渡，大驿站，洒鱼河河畔 通下游船只的起点
		黄葛槽村	4	20				沿河畔下行
		临江溪	30	20				沿河畔下行 也称沐泳乡，有旅舍
		老李湾	6	10				沿河畔下行
深基坪	30			20	70	1935		沿河畔下行
		蕉岩	10	10				沿河畔下行
		普洱渡	300	10				沿河畔下行 大驿站，上坡

续表

留宿驿站		通过驿站		里程（里）			海拔高度（尺）	摘要（通过驿站还包括途中的小村落）
驿名	户数	驿名	户数	各驿间	各宿间	累计		
		黄泥坡		35				山腹
		岚店子	4	10				下坡
滩头	200			5	70	2005		河畔 至叙州有定期船往返
		石头坡	1	10				沿河畔下行
		新场	60	10				云南四川交界处 沿河畔下行
		燕子坡	6	10				离开河畔上坡
		新店子	7	28				丘地、平路
捧印村	400			12	70	2073		丘地、平路 有大驿站
		石盘山		15				由此下坡
		甲弟乡	20	10				平地、平路
		黄葛树	4					平地、平路
		宽路边	2	15				平地、平路

续表

留宿驿站		通过驿站		里程（里）			海拔高度（尺）	摘要（通过驿站还包括途中的小村落）
驿名	户数	驿名	户数	各驿间	各宿间	累计		
横江	700			10	50	2125		到洒鱼河河畔大驿站 小船往来频繁 乘船而下
		安边场	200	50			920	与金沙江合流处
		杨树溪场	500	50				顺流而下
叙州				40	140	2265	800	顺流而下 与岷江合流
26驿		102都邑				2265里		

气 候

云南至四川途中(大关附近)

概　说

在云南居住了十余年的英国传教士查尔斯声称：毫不夸张地说，云南省的气候之温和，在世界上首屈一指。

自古以来，动辄就把云南视为瘴疠之地，流传着"非苗蛮之民，无法栖息"的说法。世人认为，云南远离海洋，地处平均海拔高达一万余尺的高原，属变化剧烈的大陆性气候，寒暑明显，荒漠不毛，非宜居之地。然而，这种看法谬之千里。所谓的"瘴疠之地"乃诗人的空想。大陆性气候的说法不过是肤浅的观察。我等盛夏时节巡游云南，观察山野河沼，与当地人接触，谈论时令，走访旅居当地的外国人，以及查看他们统计的气象表，我们切实地感到，云南是世界上气候最好的地方这种说法容不得半点置疑。驻云南的外国人说它"世界第一"，我们日本人说它"四季如春"，中国人说它"冬不寒，夏不暑"。的确，云南寒暑差异不明显，而且全年不刮大风。不得不说，云南的气候，四季温和，世界第一。

云南省的气候，在省内各地基本上没有太大的差别，但因地势的高低、纬度的差异，多少有些不同。大致可以分为南部、中部、西部和北部等四个气候带。

南　部

指云南高原南端至东京平原的斜坡地带，即腊哈地以南的地域。这一带有热带性气候的感觉。山麓覆盖着热带性植物，但山上气候寒冷，树木偏少。从山上吹向溪谷的风抵达溪底后又沿对面的山坡吹向山顶。据说，这股往上吹的风对人畜有害。因此，居民一定要把居所建在风往谷底吹的山坡之上，而且还要选择山腰以上的地方。反方向的山坡上绝对看不到住家。因为这里的风总是朝一个方向吹，这样修建住房就可以避开有害的风。世上所谓的"瘴疠之气"或许就是这股往上刮的风。到底凭什么说往上吹的风对人畜有害，这个有必要从学术上给予研究。据说一碰到那种瘴气，人就脸色苍白，身体发虚。所谓的瘴疠之气，其存在乃既成事实，于是，有人就会放话说：古人不会欺骗我们，云南自古以来无非就是一个瘴疠之地。我们并不否定瘴疠之气的存在，但这种瘴气的存在仅仅局限于云南的最南端，也就是与法属东京接壤的那个高原的下坡区域。因而，不应该以偏概全。

云南的地势以高原为主。云南之所以为云南，就因为其千山万岳位于海拔一万尺的高原之上。高原北至四川，南抵东京。东与贵州的山脉相连，西与西藏的高原相接。高原的气候是云南代表性的气候，唯有北部和南部的斜坡地域气候不良，这是受到四川和东京气候的影响所致。而且，四川和东京的气候只是入侵了云南的边界地带，没有影响到高原。云南高原依然是世界第一的良好气候。

中　部

中部指与东京为界的南部、与四川相邻的北部、与西藏接壤的西部之外的，东与贵州相连的，占据着云南省大部分地区的一片广大的区域，即云南高原地带。蒙自附近的海拔高度最低，仅五千余尺，而有的地方高达一万四千尺至一万七千尺，平均高度有八千尺左右。高原上重峦叠嶂，与其他地方不同，不见突兀独立的高峰。恰如大海的波涛，蜿蜒起伏，但高低落差不大，形成高原上特有的连峰。只不过到处都有群山环抱的盆地，形成比较开阔的平原。盆地上一定建有城镇，也就是说，以云南省城为首，蒙自、宜良、阿迷、东川、昭通等都坐落在这样的盆地之上。

然而，这里的高岭和盆地，气候却没有多大差别。只是在高岭之上感觉比低地要寒冷一些。据说，山岭上冬天多少能看到雪，而在盆地，只有个别地方有降雪。

云南省城一带的气候是云南省中最好的。其具体情况如下：

整个中部地区多温带性植物，至山上高地可见高山植物。这一带果树甚多，尤其是桔子、苹果、大枣、梨子、桃子和石榴等，沿途各地果树成林。市场上出售的水果价格极为低廉，由此可知，其产量颇丰。既种植适合南方温暖气候的桔子、石榴，也生产适合北方寒冷气候的苹果等果物，足以见得，云南气温寒暑适度。平原上有水田，六月播种，十月收获。在高地上种植玉米和荞麦。这一带生长的松树都是三叶或五叶的，二叶松在昆明至四川的二十多天的徒步旅行中不得而见，那是在进入四川之后才看到的。

西　部

大理府的西北，丽江府一带是一万五六千尺的高山地带，西部直接与西藏高原相连。东部高山地带比云南高原高出一截，气候寒冷，山顶藏有万古之雪。受西藏寒冷气候的影响，这一带的气候也寒冷刺骨。山中只有高山植物。据说，这一带的居民与北部一带及四川省西部地方的居民，都是藏族人。

北　部

指昭通府以北的，与四川省接壤的一带地区。高原尽头，山势逐渐向四川盆地倾斜。尽管纬度走高，但气温却反而高起来。寒暑温差极大。八月盛夏时节，昭通一带的气温25℃，而向北来到仅相距一百四十里的大关一带时，气温却高达32℃左右。海拔高度，昭通在七千尺上下而大关约为三千七百尺。两地气候的不同可能与之有关。在夏季，由此向北，暑气递增，至老鸦滩、滩头一带，酷暑逼人，气温通常超过32℃。与云南省南部相比，有南北寒暑交错之感。不过，北部的植物生长极快，云南省城附近的稻谷还未抽穗，北部的稻谷就已经结出金黄色的稻穗了，南方刚见稻穗出头，北方就开始收割了。而且，北方的地里栽种的蔬菜和谷物，品种繁多。

总而言之，云南省的南部、北部以及西部的一部分地区虽然气候欠佳，但整体上看来，比中国其他地方要好很多。而且那些气候不佳的地方也仅仅局限在云南省边境的一小部分地域。云南中部，即云南省绝大部分地方（几乎可以称之为全部），形成了世界上最佳气候。

我于明治四十三年（1910）七月十九日，从法属东京进入云南省河口，一路北上，纵贯云南省，于九月七日离开云南进入四川。现将沿途各地的气象情况概述如下。

南部地方

河口一带

河口位于云南省最南端，大约在北纬二十二度四分、东经一百零二度二分的地方。与海防的海岸相距三百八十公里左右，但还不是高地，高于海平面不过二百九十五尺。河口属热带性气候，夏季酷热，昼夜暑气不减。白天炎热如炙，而且地面反射的热气令面部有火烧火燎之感。没有一丝风，简直会把人闷死。一年四季，昼夜气温相差无几。

一、冷暖

最冷是一月，白天的气温18℃上下。昼夜冷暖温差仅三四度。二月上旬，气温尚处于最冷时期。至中旬气温逐渐上升，至下旬变化加剧，21℃、24℃、27℃，一进三月，气温就超过了27℃，天气逐渐热起来。至四月，进入雨季，降水不断。如此一来，暑气稍退，有几分凉意。五、六月，这种状态一直持续，至七月，雨季结束，酷暑再次来袭。白天气温32℃左右，一天中，下午七八点最感酷热，上午五六点最感凉爽，但温差不过三四度。八九月非常炎热，昼夜温差仅有一二度，既无雨，也无风。十月暑气仍不衰减，十一月开始，有凉风习习。十二月末至一月初，气温降至21℃以下，一月是最寒冷的时期。

二、干湿

十月至次年三月的六个月是干燥期，几乎不下雨，持续放晴，水涸地旱，空气干燥。这期间，偶尔有降雨，但也仅仅是一个月一次或两个月一次。

四、五、六三个月为降雨期，有时大雨沛然而至，一下就是十天。这期间，河水上涨，土地和空气都很湿润。雨期从河口逐渐向北推移，因此，河口处于雨期时，河水增加尚不明显。河口地方雨期接近尾声时，即雨期出现在北方上游地段时，河水显著增加，时常出现洪水泛滥。南溪河的水位比平时高出六七尺，甚至高达一丈。雨期中，气温较低。

七、八、九三个月为干燥期。时有降雨，但雨量不大。这期间，天气炎热，酷暑难耐。时而有阵雨袭来，凉爽宜人。

三、风

河口地处四面环山的低洼地带，四季几乎无风。七、八、九三个月的盛夏没有一丝风，炙热如烤。

中部地方

蒙自一带

从河口北上，气候会逐渐转凉。这并非纬度增高造成的，而是因为地势增高的缘故。在河口，地面高出海面二百九十五尺，而到了蒙自附近，海拔高度已超过五千尺。高原地带，山岳连亘，气候温和，寒暑温差极小。蒙自与南方仅仅相距四十五日里的河口一带相比，简直就是另一个世界。

一、冷暖

当地的一个中国人告诉我说，蒙自的气候"夏无大暑，冬无大寒"。由此足以见得，这个地方的气候有多温和。十二月和一月是最冷的时期，气温在13℃上下。二月寒气尚未减退，至三月气温略有回暖。四、五两月最暖和，气温在28℃左右。

冬季最冷的时候，偶尔有降雪，但不会覆盖地面。寒冷期极短。

二、干湿

六、七、八三个月是雨季，连日降雨或天气阴沉，极少放晴。九、十两月无雨，十一和十二月时有霏霏细雨，一月至五月为无雨期，持续天晴。四、五月是一年中最温暖的时期。

三、蒙自的气象表

（一）最高最低气温（法国驻蒙自领事馆调查）

年	最高气温（℃）	最低气温（℃）
1906年	33.6（6月）	2.5（12月）
1908年	34（4月）	4.8（1月）
1909年	32（6月）	5（1月）

（二）最高平均气温（法国驻蒙自领事馆调查）

年	月	最高平均气温（℃）
1908年	6月	27.7
	7月	28.8
	8月	28
1909年	6月	28.2
	7月	27.5
	8月	26.9

（三）1909年气象表（蒙自海关调查）

月	平均最高气温（华氏度）	平均最低气温（华氏度）	降水天数	刮风天数
1月	75	41	2	20
2月	80	48	3	24
3月	83	48	8	20
4月	86	55	10	22
5月	87	69	14	19
6月	83	68	18	20
7月	85	68	20	15
8月	82	67	21	7
9月	84	60	13	12
10月	82	56	10	19
11月	81	56	7	15
12月	74	45	3	16

全年最高平均气温华氏八十二度，即28℃；最低平均气温华氏五十五度，即13℃。而且最热期是四月和五月，最冷期是十二月到一月。降水天数全年一百三十日，其中近半数在六、七、八三个月发生。刮风天数全年二百八十日，其中二百日刮西南风，八十日刮东南风。年降水量为四十英寸。

阿迷一带

从蒙自再北上至阿迷，气候越发温和。五至八月是最温暖的时期，最高气温27℃左右。早晨22℃上下，正午一过，气温升至27℃，到下午七点左右，回落至26℃。全年寒暑温差不大，四季如春。

雨期从六月起至九月，不过雨量不大。多阴天。

刮风天，三、四月最常见，南风多北风少。

宜良一带

宜良位于海拔高度六千六百尺的宜良平原一隅。山绿水清，气候温暖。七、八月为最暖期，但仍然像春天一样。十二月、一月为最寒期，但温暖程度与春天相差无几。一年到头，冷暖温差不大，四季如春。六、七、八三个月降水多，十一、十二月则几乎无雨。二月风大。十二月偶有降雪，但仅仅覆盖地面，不会产生积雪。总体上属于良好气候，有益健康。

云南省城一带

中部一带是海拔八千尺左右的高原，只有南部地区是高二千尺左右的低海拔河流溪谷，这种地势甚为罕见。云南平原海拔高度六千尺，而四周的群山比平原还高出三千至四千尺。气候良好，四季如春。冬季夜间会降霜，但不会太冷。白天日出霜消，气候温暖。降雪在平原地带极其罕见，即或是下雪，也只是一时覆盖地面，不出数小时后就全部消融。十一月至次年五月的干燥期,气候舒适,天气晴好。六月至九月的四个月时间是所谓的"季风"期,每隔几天就会下雨,偶尔有大雨降临。在这期间,可能会有酷热之感,但气温几乎不会超过30℃。到十月,雨期过后,虽偶尔有雨,但基本上都是连续的晴天,气候宜人。

总体上看,全年少雾、少雨、少云,但云南省的东北部与四川省相同,冬季多雾、多雨,数月不见阳光。据说,四川省这种现象尤甚。

云南府气象表(1909年云南府法国医院调查)

月	最高平均气温(摄氏度)	最低平均气温(摄氏度)
1月	15.319	4.132
2月	19.68	5.52
3月	23.623	9.012
4月	24.15	11.396
5月	24.65	14.14
6月	25.806	16.19
7月	24.92	16.818
8月	24.1	16.23
9月	25.683	16.223
10月	23.28	14.49
11月	17.00	8.103
12月	15.96	5.13

也就是说,1909年的最高平均气温为22.264℃,最低平均气温为11.452℃。一年的平均气温为16.858℃。

一年中，最低气温1℃，在一月份出现；最高气温31℃，在五月份出现。

昭通一带

昭通府城位于北纬二十七度附近，在云南省北部，靠近四川省，是重峦叠嶂的云南高地中的一块平地。海拔高度约七千尺，从所处纬度来看，气候稍显寒冷，冬季有降雪。

八月是最温暖的时期，最高气温27℃左右；一月是最寒冷的时期，最低气温零下2℃左右。冬季虽有降雪，但只是早上有积雪，而河水、池水以及土地不会结冰。冬季北风凛冽，寒冷刺骨；夏季雨水较多，空气温润。一年四季日光强烈，为其地方特色。六至九月的四个月为雨季。冬季少雨，天空连续放晴，空气干燥。气候极为良好，有益健康。基本无瘟疫，只是冬季流行一种疑似疟疾的地方病。